临溪集

胡欣育 著

天津出版传媒集团

百花文艺出版社

图书在版编目（CIP）数据

临溪集 / 胡欣育著 . -- 天津 : 百花文艺出版社 ,
2024. 8. -- ISBN 978-7-5306-8907-3

Ⅰ . I227

中国国家版本馆 CIP 数据核字第 20242PJ149 号

临溪集
LINXI JI
胡欣育 著

出 版 人：薛印胜
责任编辑：郑 爽
策划编辑：蒯 燕
封面题字：戴伟华
装帧设计：悟阅文化
出版发行：百花文艺出版社
地址：天津市和平区西康路 35 号 邮编：300051
电话传真：+86-22-23332651（发行部）
+86-22-23332656（总编室）
+86-22-23332478（邮购部）
网址：http://www.baihuawenyi.com
印刷：成都市兴雅致印务有限责任公司
开本：880 毫米 ×1230 毫米 1/32
字数：130 千字
印张：6 插图：4 页
版次：2025 年 1 月第 1 版
印次：2025 年 1 月第 1 次印刷
定价：68.00 元

如有印装质量问题，请与成都市兴雅致印务有限责任公司联系调换
地址：成都市金牛区沙河源街道陆家桥社区
电话：028-83181689
邮编：610000

名师指导 >>>

参加全国大学语文研究会第十一届年会与著名学者徐中玉先生合影（2006年8月于南京）

与古典诗词著名专家王步高先生合影

与原广东省写作学会会长、广州师范学院副院长陈子典教授合影（2017年6月）

与研究生导师、著名学者戴伟华教授合影（2007年6月）

与著名作家谭元亨教授合影（2023年2月）

与广州美术学院首任党委书记、院长胡一川小女胡川妮教授合影（2023 年 5 月）

与谢炜如教授合影（2017 年 7 月）

学术交流 >>>

参加《戴伟华诗稿》发布会（2021 年 5 月于增城正旭园）

台湾龙华科技大学交流学习（2014 年 12 月）

余荫山房组织经典诵读活动（2020 年 12 月）

身着汉服讲授诗词创作（2023 年 5 月）

参加面向未来的“创意写作与文化产业”教学成果研讨会（2024年5月）

参加全国第八届高等职业教育人文素质教育类课程创新与实践高级研讨会（2023年4月）

为广州市派驻增城扶贫开发工作队、增城扶贫办讲授公文写作（2013年12月）

获广州科技贸易职业学院校志编纂“突出贡献奖”表彰（2012年12月）

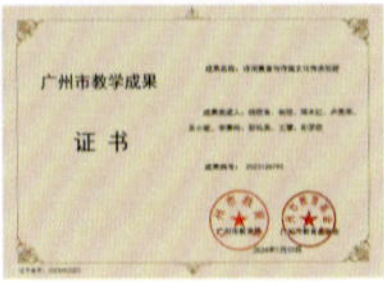

《诗词美育与传统文化传承创新》获广州市优秀教学成果证书

成长岁月 >>>

华南师范大学授予文学硕士学位大学城校区留影（2007年6月）

大学毕业10周年聚会合影（薛汉贤老师第二排左八，作者后排左三）

家族亲情 >>>

家父九秩寿庆全家福（2023 年春）

生活留影 >>>

意大利参访学习期间留影（2016 年 4 月摄于科莫湖）

黄山留影（2012 年 5 月）

序言

欣育，作为我指导的2003级高校教师在职攻读硕士学位班（华南师范大学高师班）中国古代文学（唐宋文学方向）专业学生，以其勤勉好学的态度和扎实的学术基础，给我留下了深刻印象。时光荏苒，二十年弹指一挥间，欣育虽一度忙碌于行政工作，却未忘初心，坚守文学阵地，创作诗词，成果常见于报端。

欣育的诗词作品集《临溪集》汇集了其多年来的创作精华，共计两百余首诗词，充分展现了其深厚的文学功底和独特的艺术风格。这些诗词作品题材广泛，既有对自然风光的描绘，又有对人生哲理的探讨，字里行间透露出作者对生活的热爱和对人性的洞察感悟。

欣育的诗词作品语言精练，意境深远，既继承了唐诗的直抒胸臆，又体现了宋诗的理趣盎然。他善于运用各种修辞手法，将自然景色与人生感悟融为一体，营造出一种独特的艺术境界。同时，他在格律方面也颇为讲究，对仗工整，音韵和谐，读来令人回味无穷。

值得一提的是，欣育的诗词作品不仅在《中华诗词》《诗词》等专业期刊上发表，还荣获了广州首届、第三届木棉诗歌征集比赛银奖、二等奖等多项荣誉。这些荣誉的获得，既是对他创作成果的肯定，也是对他文学才华的认可。

《临溪集》的命名寓意深远，既体现了欣育的出生地和自小居家环境，寄寓了其情志喜好，又蕴含了他对文学艺术的执着追求和不懈奋斗。

读着诗集，也可以看到一位文学爱好者的成长过程。愿这本诗集能够为读者喜欢，并以此鞭策作者，写出更多更好的作品。

戴伟华

2024 年 5 月 12 日

目 录
CONTENTS

第一部分 诗作

>>> 咏物

>>> 山水

>>> 记行

>>> 交酬

>>> 节庆

>>> 祝颂

>>> 其他

第二部分　词作

第三部分　诗歌评论

第一部分 诗作

咏物

红棉赞二首

其一

铁骨横枝耸碧霄，
春来璀璨傲天骄。
凌寒绽放花千树，
峻节清风分外娆。

其二

南国天骄二月花，
高枝璀璨映云霞。
燃情烈烈红如火，
傲骨铮铮气自华。
一任横风含俏笑，
纵逢寒冻绽奇葩。
凋零哪惧身飘絮，
终化良材润万家。

2022年4月10日

（本作2023年1月30日发表在《诗词》报2023年第2期，刊发在2023年2月21日《诗词》报微信公众号《胡欣育诗词选·〈诗词〉·诗咏广州》专辑）

木棉赞二首

其一（新韵）

寒风二月吐枝红，
竞放霜天上九重。
铁骨还洇[①]英烈血，
长街十里看豪雄。

其二

木棉饮露亦餐风，
拔立街堤映地红。
雨骤寒侵红更艳，
还升劲节向横空。

2023 年 4 月 30 日

颂红棉诗三首

其一　七绝·木棉颂

高枝璀璨一擎燃，
倾尽丹心矢问天。
瘴岭红彤真本色，
越台[②]标立最豪篇。

---

① 读 yīn，润泽之意。

② 指越王台，原叫朝汉台，南越王赵佗归顺汉朝将木棉作为贡品，称烽火树。

其二　五律·木棉赋

南国称嘉树，
红彤迥立天。
高枝擎巨擘，
铁骨耸横肩。
霜冻披苍翠，
风摧绽笑妍。
凋零真节在，
本色自嫣然。

其三　七律·咏木棉

绛绡披艳一身红，
树拔琼枝迥傲空。
赤焰熊熊心似血，
铁肩翼翼[1]志盈衷。
凄风凛逼含丹气，
瘴岭贞坚立宇穹。
三月春来标别样，
芳菲万类识豪雄。

2023年4月19日

---

① 茂盛整齐的样子。

六月看荷

其一

六月芙蕖独占芳，

口含粉蕊秀新妆。

绿池澹澹轻风起，

吹皱荷波过半塘。

其二

菡萏开眉独秀妆，

卷舒粉蕊沁幽芳。

荷风澹澹连波起，

翩舞罗裙过半塘。

2022 年 7 月 2 日

咏荷二首

其一

风荷摇曳弄晴柔，

舒笑嫣然气宇悠。

我逊天公三尺碧，

天公逊我貌娇羞。

其二

红妆盈盏一枝新，

暗渡幽芳最惹人。

自是花仙真洁士，

淤泥中出谢粘尘。

2023 年 7 月 18 日

咏迟菜心[1]三首

其一

迟菜花开并莫迟，

寒冬历尽正当时。

味甜众爱家常菜，

肉脆人夸冠品饴。

史载佳肴神洞草[2]，

---

①迟菜心是远近闻名的蔬菜品种，早已成为大庭广众喜闻乐爱的养生菜，素有“菜品之冠”美誉。《增城县志》记载：“心最美，为蔬品之冠。”2013 年 7 月—2016 年 3 月在增城小楼下乡挂职扶贫，亦对迟菜心深有感情，2020 新年期间重回小楼再看到农民收割菜心的丰收盛景，感之余遂作此诗。迟菜心是广东增城特产，又叫“高脚菜心”，其以小楼镇菜心最出名，又名“小楼迟菜心”，冬日经霜冻甜，深受百姓喜爱。

②“神洞草”典故出自元末明初尚书增城小楼人张度便“七姐洞中神仙草”诗句，诗中为合音韵借用“神洞草”。

当今国宴桂兰枝。
深山独秀无曾问，
一日闻名巷陌知。

其二

迟菜花开色正妍，
丛枝叠翠叶田田。
留连戏蝶翩翩舞，
逐影游人采采牵[①]。
品冠佳肴神洞草，
名扬国宴养生筵。
物华最庇田农户，
子庶[②]丰登笑乐颜。

其三

迟菜黄花映日妍，
丛中万绿舞蹁跹。
丰登最乐田农户，
满面春风眉笑间。

2020年12月21日（冬至）

［本作发表在2020年12月26日《增城日报》（悦读）微信公众号］

---

①“采采”源于《诗经·国风·周南·芣苢》，“采采牵”指游人穿着亮丽衣着在迟菜心田间牵手拍照。

②“子”为庚子鼠年（2020年恰为鼠年），“庶”是农民、百姓的意思。

寒松赋

春寒雪漫北风狂，
千里冰封锁野荒。
霜冻难遮青翠色，
抬头且看劲松苍。

2022年2月19日

（本作发表在2022年11月11日《诗词》报官网《当代诗人·胡欣育诗词专辑》）

咏广州塔二首

其一

身腰[①] 绰约舞当空，
擎柱巍峨似耸峰。
扭摆翩翩霓裳舞，
恍同蛮[②]素斗娇容。

①②指“小蛮腰”，见白居易诗“樱桃樊素口，杨柳小蛮腰”，诗中樊素、小蛮均为白居易的家妓。

其二

自是蛮腰一耸峰，
灯红熠烁舞当空。
娇姿绰约谁堪比，
樊素笙歌入梦中。

2023年4月2日

土楼[1]圆

方圆踵叠耸岑峦，
黄土披身气迥天。
桂栋轩甍交远宇，
青檐碧瓦踞穷巅。
沧桑风雨沉千载，
锦绣嘉名颂百篇。
尚礼雅儒承孔孟，
传家耕读福长绵。

2023年7月22日

① 指作者家乡的福建永定土楼，2008年7月列入世界遗产名录。

颂北园挂绿[1]（中华通韵）

北园挂绿冠名乡，
七月熟红远溢芳。
始产陈桥庆福里[2]，
新栽腊圃正宜堂[3]。
阳明题墨传佳话，
线女开腔绕占房[4]。
日啖无求三百粒，
轶闻但看胜亲尝。

2021年6月10日

春看紫荆花开

二月春风舞漾来，
紫荆放彩遍城开。
面颜偏着桃红色，

---

①“北园挂绿”是一种荔枝上品，又称“北园绿”，据载始种于宋朝增城（荔城）陈桥头村，明朝大儒王阳明曾受邀到此品尝荔枝并题字，红线女等一批粤剧名家也曾到此义演。

②古地方名，指增城庆福都（荔城）。

③位于小楼镇腊圃村正旭农业科技园内。

④指陈桥头村的占春山房书院。

直逗黄莺顶上徊。

2023 年 2 月 25 日

看永福[1]樱花感吟

樱花永福盛如潮，
趁此春光竞吐娇。
忽降嫣红一树霰，
还惊莺燕遍山嘹。

2023 年 2 月 26 日

咏柿

其一

荒郊遍处柿垂丛，
一挂红彤半坠空。
争耸腰身迎夕照，
黄昏远看胜灯笼。

① 指福建漳平市永福镇，以永福樱花园著称。

其二

荒郊十月柿垂丛，
半坠金黄半坠红。
斜挂枝丫迎夕照，
黄昏尽赏两灯笼。

2023 年 11 月 25 日

老井

华轮落照井床头，
半漾丝波见细流。
轱辘吱吱耳畔起，
醒惊鸡犬报寒秋。

2022 年 12 月 31 日

（本作发表在 2023 年 1 月 1 日花城诗社微信公众号“春风十里”《老井》同题诗专辑）

咏雪二首

其一

经风折骨淬寒身，
洒坠江河欲问津。
直举琼枝雕玉树，
洁高不改本来真。

其二

北风吹煞雪飞纷，
放眼丛林素裹身。
旷野平畴雕玉树，
琼花落处蕴寒春。

2024年1月23日
福建龙岩作

山水

春色赋[①]

平湖荡碧水，
随水流扁舟。
春意融融处，
欢声几缕休？

1996年11月

春风十里

十里春风拂晓堤，
花红草绿望迷离。
湖光秀色谁描卷，
最是眸前柳万丝。

2024年3月8日

① 1996年秋，与远道而来的同学游越秀公园，划船看公园湖水荡漾，花红柳绿，莺飞草长，处处笑声朗朗，因陶醉美景而作。

春晨步花地河[1]

孤舟寒夜泊，
雀鸟早啼晨。
天阔江开镜，
醉怀当此春。

2021 年 3 月 6 日

（本作发表在 2022 年 11 月 11 日《诗词》报官网《当代诗人·胡欣育诗词专辑》）

骑走千灯湖

湖漾千灯单骑飞，
轻舟踏浪又轮回。
孩童唯是天真客，
任纵放鸢不问谁。

2019 年 4 月 21 日

① 春晨微雨后稍晴，骑行到花地河畔边牵单车边欣赏美景，眼看一叶孤舟系在木桩，仿佛回到“枫桥夜泊”“孤舟蓑笠”“独钓寒江”之境，幸听春归鸟儿啁啾啼鸣，叹春光无限为是作。

千灯湖春行

湖水千灯一鉴开，
春光纸鹞共徘徊。
轻舟荡漾随流去，
杨柳丛中划浪来。

2019 年 4 月 21 日

二龙山①赋

二龙花海盛如潮，
李白桃红竞艳娇。
合璧中西欢趣共，
相生和乐转车摇。
斜坡峭壁游桥架，
野径丛林胜景娆。
若有他朝重踏日，
一山看尽颂华韶。

2020 年 8 月 28 日

① 指位于增城西部的二龙山国际生态园，以花海、田园著称，森林茂密、古木奇多，负离子高，山上有玻璃栈道、儿童游乐园、喷泉飞瀑，中西合璧设计，为休闲游乐胜地。

首登白水寨感①

白水飘潇雨雾茫，
只身登顶不思量。
平生多得同俦志，
无限险峰是景光。

2012 年 6 月 30 日

咏白水寨（新韵）②

长天白水岭岩中，
遥看轻纱挂碧空。
朋众携牵登雾栈，
只身迈步问孤峰。
仙池叠瀑高千尺，
峦壑青松不与同。
俯仰神州山色秀，

---

① 2012 年 6 月单位组织党员活动齐登增城派潭白水寨，未至半山而风雨大作，同伴们携手同游、相互鼓励，冒着风雨一路前行终登顶，因感慨而作。

② 时值 2013 年国庆假日，携家人齐登增城白水寨。秋令时节，晴光潋滟，游人如织，远眺瀑布如烟似纱，白水湖至清无瑕，登峰俯瞰风光不与四时同，甚似人间仙境，感后作。

惊呼造化最神工。

2013年10月2日

［本作刊发在《检察风云》（2014年广东专刊），2020年6月21日发表在《增城日报》（悦读）微信公众号］

观河源音乐喷泉赋

其一

银泉一柱喷天高，
身着素纱半缈缥。
乐奏婀娜抒袂舞，
霓虹炫处看蛮腰。

其二

银泉一柱喷高天，
艳秀霓裳带雾烟。
乐漾婀娜翩舞起，
华灯耀处看飘仙。

2022年8月28日

假日大夫山骑行二首

其一

大夫山上人如梭，
童叟骑行竞跨坡。
仰看枝头莺起舞，
随风还奏一潭歌。

其二

夫山绿翠景华新，
曜日铺光艳一轮。
胭脂芙蓉谁溅出，
翕张笑口立湖滨。

2022 年 4 月 4 日

（本作发表在 2022 年 11 月 11 日《诗词》报官网《当代诗人·胡欣育诗词专辑》）

垂钓

平江漠漠独垂纶，
伸放任由凭性真。
两眼凝神观静动，
只差收线见鱼身。

2022 年 10 月 20 日

（本作 2022 年 10 月 23 日发表在羊城诗社微刊 2022 年第 21 期《垂钓同题诗精选》专栏）

岭头[1]秋赋二首（新韵）

其一

晴光潋滟映青山，
竹绕围堤漫紫烟。
白鹭旋飞频点水，
池湖惊漾起层澜。

其二

闲步丹岑挹翠峦，
静听幽谷涧潺潺。
澄空荡过悠云影，
且看渔翁独钓潭。

2022年10月20日

（本作2023年1月30日发表在《诗词》报2023年第2期）

秋看澄黄梯田赋

其一

熟稻环山入满眸，
悠悠风过浪沉浮。

---

①即广州市干部疗养院所在地岭头鸡啼山。

丹青谁弄恁般墨，
著色澄黄一岭秋。

其二

晨起驱驰十八弯，
眼浮香稻九连环。
金风尚解游人意，
随我赏秋到北山。

2022 年 9 月 17 日

（本作 2022 年 10 月 15 日发表在《诗词》报 2022 年第 19 期）

记行

咏小楼仙姑庙[①]

仙姑故里庙流芳，
丹井舄[②]遗千古长。
屋脊蟠桃添妙韵，
袅烟藤树绕神堂。
塔高远眺青山翠，
亭外静闻翰墨香。
一夜凭阑听杏雨，
小楼巷陌不寻常。

2013年9月9日

［本作刊发在《检察风云》(2014年广东专刊)，同时发表在2020年6月21日《增城日报》(悦读)微信公众号］

---

① 何仙姑家庙位于广州市增城区小楼镇，相传八仙之一的何仙姑(姓何名琼)是增城小楼人。家庙右侧有“仙姑井”，正堂右侧的瓦脊上有棵桃树，此景称“小楼仙源”，被评为增城新八景之一。庙北有一棵有1300年历史的“盘龙古藤”，蔚为壮观，远近闻名，被称为“仙藤”。小楼也是作者曾经扶贫挂职时所驻地。

② 相传是仙姑坠井时留下的鞋子。

与戴伟华先生师门同游二龙山感赋二首[①]

其一　戴门游二龙山

戴门丽日二龙登，
瑶草琪花笑面迎。
野径探幽寻趣雅，
层田逐影伴风轻。
丹岑遥望青山翠，
涧谷清听叠瀑鸣。
正是春光无尽处，
酣歌一醉忘归程。

其二　正旭园记（新韵）

游毕龙山赴旭园，
戴师盛意著宣颁。
鸿篇手墨添香色，
犹似品茗润肺田。

2021 年 5 月 22 日

---

①戴伟华教授是作者的硕士导师，当日吾携戴师同门游二龙山，登完山后即日下午在当地企业家陈正阳先生公司邸舍正旭园之正宜堂戴师颁布其手著长卷《戴伟华诗稿》(陈永正先生题序)，有感于此后作。

佛山游二首①

其一　冬游千灯湖

灯湖一度几重游，
今又携亲登塔楼。
冬日藏春新柳绿，
碧波熠熠映江流。

其二　梁园吟

早闻南粤有梁园，
今日观游梦始圆。
奇石涟漪开碧镜，
阁楼墨宝照心间。

2021年1月3日

①2021年元旦假日携亲游佛山千灯湖和梁园，天空放晴，风和日丽，登高俯瞰灯湖碧波如镜，杨柳青葱，煞是风景。梁园是广东四大园林，以奇石、秀水、名帖著称。两景均为记忆中上乘之作，观后感而作。

海南三亚揽胜[①]

祖国南滨好景光，
蓝天碧水树椰香。
蜈洲岛岸镶青翡，
海上观音披玉琅。
登眺银滩弯半月，
坐观菡萏[②]吐红芳。
惊涛起伏潮堆雪，
地角穷涯舟正央。

2022 年 10 月 30 日

游蜈支洲岛

蜈支洲岛漾长风，
碧水苍茫浪涌汹。
青翡[③]玲珑镶羽蝶[④]，
黄礁层叠兀千峰。
坐观屿岸海天阔，

---

①2021 年暑假携耄耋之年的父母游海南三亚而作。
② 古称水芙蓉、芙蕖，指荷花。
③ 蜈支洲岛四周被碧绿的海水包围，犹如镶嵌着青绿色的翡翠。
④ 远眺蜈支洲岛形状似只不规则的蝴蝶。

临眺澜涛状万重。
美誉中华妈尔代[①]，
琼涯地角一寻踪。

2021年7月31日

暑踏二龙山

层田碧翠景光新，
小涧潺潺水泛粼。
蜂蝶飞花云远岫，
丛林深处听蛩频。

2021年9月3日

（本作2023年1月30日刊发在《诗词》报2023年第2期，同时发表在2023年2月21日《诗词》报官网《胡欣育诗词选·〈诗词〉·诗咏广州》）

① 代指“马尔代”，为避三仄尾取谐音改“妈尔代”。

咏湘子桥[1]

澄江碧练映长空，
帆影轻波枕卧虹。
十八梭船洲廿四，
楼台杳霭入图中。

2021 年 12 月 27 日

暑游承德山庄赋二首

其一

云堤芝径[2]柳烟浮，
一鉴横塘水点鸥。
池苑澄波澹漾处，
红荷开遍满江楼。

其二

晚照斜阳落北峰，
遍山松壑遍山风。

---

① 广济桥，俗称湘子桥，又称潮州湘子桥，广东省潮州古城东门外，横跨韩江，中国四大名桥之一。

② 芝径云堤位于承德避暑山庄万壑松风之北，建于清康熙四十二年（1703 年），为“康熙三十六景”第二景。

磬锤[①]轻挽悠霞过，
染色丹红布达宫[②]。

2022年10月6日

暑游万绿湖二首

其一

盈翠平湖一览收，
滔滔碧水向天流。
渊潭万绿连峰起，
尽看云端侧过舟。

其二

高峡平湖远接天，
列峰浮岛绕云烟。
风吹碧水澜裙舞，
疑是瑶池下降仙。

2021年8月21日

（本作发表在2022年11月11日《诗词》报官网《当代诗人·胡欣育诗词专辑》）

---

①即磬锤峰，坐落在避暑山庄东部，武烈河东岸。

②即布达拉·行宫，又称“小布达拉宫”，位于避暑山庄正北狮子岭南麓。

余荫山房[1]游赋

庭园四序竹葳蕤，
柳漾花红竞艳菲。
曲径幽兰飘桂影，
绿荫嘉木映朝晖。
砚池青墨犹寻月，
屋宇金言自烁徽[2]。
水榭玲珑鱼戏舞，
凭栏还看玉琴飞。

2022 年 2 月 27 日

[本作刊发在 2023 年 1 月 30 日《诗词》报（2023 年第 2 期）]

登白云山口占二首

其一

登踏摩峰四望山，
寂空廖阔梦攀关。
秋高取醉何须酒？
垂照金轮早醉颜。

① 余荫山房又称“余荫园”，位于广州市番禺区南村镇，与清晖园、可园、梁园一道合称为岭南四大园林。

② 烁徽，闪耀美好之意。

其二

登踏摩峰四望山，
迥空寥廓鸟飞攀。
白云与我同高处，
挟带金钩一道还。

2023 年 11 月 18 日

访罗浮山二首

其一

闲步罗浮览翠微，
山登还遇雨霏霏。
林岚隐见红星点，
原是离枝[1]夏吐晖。

其二

池塘一碧见微澜，
两岸桃红倍喜欢。
落日依依迎面照，
直随黄鸭戏溪滩。

2023 年 6 月 17 日

① 荔枝别名“离枝”。

谒绍兴诗五首[①]

其一　谒大禹陵赋

八界洪荒水逆天，
抛家义举挽横澜。
九州平定匡邦社，
换我泱泱华夏安。

其二　访沈园感赋

登罢稽山谒沈园，
池台伫立旧浮前。
湖光带影疑鸿舞，
面觑春波亦泫然。

其三　越王台放歌

越王台角立苍松，
昭志云天迥半空。
烟雨苍茫家国事，
兴衰已往不随风。

①2023 年 4 月在浙江绍兴参加全国大学语文研究会、高等教育出版社主办的第八届高等职业教育人文素质教育类课程创新与实践研讨会，抽闲谒大禹陵、沈园、越王台、鲁迅故居等人文景观，因叹游人文荟萃之地感作。

其四　访鲁迅故居随感

儿时遍读大豪篇，
书屋还加百草园。
闰土阿Q孔乙己，
章章啼血荐轩辕。

其五　水乡江南

四月芳菲江草齐，
乌篷摇荡过江堤。
关关莺语从林起，
直教游人弄柳低。

2023年5月10日

英德春行三首

其一

英德春深绕碧纱，
波罗峰转路山遐。
驱车还伴溶峰过，
边赏樱花边赏茶。

其二

西京古道[①]竹荫横，
板石崎岖一径青。
多少沧桑家国事，
几曾风雨几曾经。

其三

下太[②]连山一径深，
和风饶物数前今。
兴乡大策篇篇起，
重教高韬最暖心。

2023年4月8日

（本作第二首发表在2023年4月12日花城诗社公众号《古道》同题诗集锦专刊）

丹枫白鹭岛[③]偶感

丹枫白鹭绿湖飞，
映日荷花向佛垂。

---

①乳源西京古道，古称“西京路”，位于广东省韶关市乳源瑶族自治县，是古时上京城的道路。

②指英德市下太镇。

③位于广东佛山南海区南国桃园枫丹路。

灵佛何曾千古照？
莫空香客梦中随。

2008年9月6日

周庄吃万三蹄有感

万三猪肘远飘香，
柳漾轻风济一堂。
谁与轻风同处去，
翩翩醉客过周庄。

2002年7月3日

交酬

甲辰新春广东中华诗词学会、香港诗词学会联谊雅集感赋

南国新春喜漫天，
诗坛粤港一台联。
新声雅调轮番起，
铁板铜琶两并妍。
童叟高歌吟大韵，
优伶慢捻奏清弦。
逍欢已醒丛林鸟，
染醉九霄共木棉。

2024 年 3 月 2 日

步韵和戴师高校执教四十年叙怀二首[①]

其一

今生幸做戴门人，

①2022 年春，吾师戴伟华教授（平斋先生）从教四十周年，在师门发起《桃李春风——戴伟华高校执教四十年师生唱和集》征集，本人应和上两首入集。

浸沐唐风向众邻。
自叹高吟难曲就，
但求文句去纤尘。

其二

探源唐古路朝东，
幕府囊收落笔雄。
力著标新开亮色，
求真问道万丛中。

2022年7月19日
福建永定下洋

贺业师戴伟华教授从教四十三载光荣退休

黉门执教卌三秋，
桃李芬芳硕果收。
唐宋文渊探细致，
雅骚幕府考源流。
滋兰树蕙丝成雪，
赋句书诗墨积丘。
阅尽江山谁滞醉，
陶公还效待从头。

2024年6月8日

步韵和谢炜如[1]先生原创于丙申中秋之夜《醉意浮生》五首（中华通韵）

其一

长风秋夜雨绵绵，
丹桂飘芳溢杏园。
最看人生箫弄伴，
月华牵梦逸思间。

其二

长风秋夜雨绵绵，
丹桂飘芳溢杏园。
最叹浮生千样味，
笙箫常伴梦思间。

其三

长风秋日雨绵绵，
泛海行舟难梦填。
常叹笙箫没解味，
攀登始记在心间。

① 谢炜如老师是作者在广州师范学院中文系求读时的外国文学老师，任当时中文系副主任，兼通琴棋书画，尤其爱好粤曲、古诗创作，对作者诗词创作颇有影响。

其四

长风秋日雨绵绵，
泛海行舟难梦填。
品得浮生千样味，
月华犹梦逸思间。

其五

长风秋日雨绵绵，
丹桂飘芳溢杏园。
最忆一年当是夜，
遥牵远外梦思间。

2016年9月15日中秋

附：

谢炜如原创于丙申中秋之夜《醉意浮生》

春花秋叶雨绵绵，浑然不觉入暮年。
醉意浮生千般味，轻弹曲韵夜无眠。

和小学语文老师张维义[①]先生《自慰·白头翁丙申年教师节》四首

其一（新韵）

三尺讲台方寸间，
一生甘守更难能。
眸中常现挥鞭教，
感忆师恩屡几经。

其二（新韵）

三尺讲台方寸间，
一生甘守更难能。
白翁盈目挥鞭教，
化雨催春育后生。

其三

师生阔别已经年，
不改风华续笔耕。
最忆白翁谆教诲，
甘当红烛映苍生。

① 张维义是家乡福建永定下洋下坪村（又名下赤坑、下溪村）新华小学五年级（1986 届）时的语文老师，爱好诗文，治教严谨，对学生学习语文深有影响。

其四（新韵）

三尺讲台方寸间，
一生甘守更难能。
常思白首挥鞭教，
化作春霖哺后生。

2016 年 9 月

附：

张维义《自慰·白头翁丙申年教师节》

三尺讲台伴一生，
四方教室与子连。
退隐方知天地阔，
更喜学子胜先生。

师道

——和张维义先生《思绪·白头翁庚子年秋》

三尺讲台室四方，
经纶满腹斗难量。
人师何虑心惶恐，
化雨催春早一章。

2020 年 10 月 12 日

附：

张维义《思绪·白头翁庚子年秋》

三尺讲台心恐惶，
怎对台下待哺郎？
可慰莘子显本色，
指点江山露锋芒。

丙申猴年除夕感下坪新华小学86届同窗毕业卅载

艳阳除夕耀晨空，
盛世嘉年喜意浓。
卅载窗情当追记，
金猴岁始忆初逢。

2016年2月10日

卅载重逢忆

师生阔别已经年，
志道东西远隔天。
长忆初时求读日，
青春友爱赛书贤。

2017年1月29日

重逢[1]

廿载别分今聚逢，
桂花岗下倍情浓。
师生高举同欢酒，
齐咏诗章颂大风。

2017年10月21日

和李生《杜鹃花》

花园三日雨虽风，
风过飘零扫地红。
怎耐新枝还踵起，
明朝群放更千丛。

2019年4月17日

附：

李生《杜鹃花》

花园三日雨兼风，

① 即日广州师范学院97届中文系同学毕业20年在校原址桂花岗校区聚会，作者代表发言并吟诵此诗。

桃李飘零扫地空。
唯有杜鹃偏耐久，
绿丛又放数枝红。

扶贫队友春聚二首[1]

其一

几回萍聚恰逢秋，
今又临春集小楼。
危急恪守轮值哨，
年关听令守方舟。
驻村犹记扶贫乐，
蹲点还怀壮志酬。
梦忆曾经嗟岁瞬，
重逢最待举樽瓯。

其二

曾经同道驻村头，
天佐重逢聚广州。
抬望花城春到早，
引杯共勉逐中流[2]。

2024 年 1 月 31 日

①2013 年 7 月—2016 年 3 月，作者曾作为广州市派驻增城扶贫开发工作（小楼工作组）成员。

② 比喻共同奋斗之意。

刘老师[1]退休赠句

孟夏扶疏遍泽晖，
迎阳彩凤翥天追。
玲珑绣口声声起，
句句高吟弟子规。

2022年5月17日

感高中毕业[2]二十周年聚

别分廿载喜相逢，
屡举杯觥情赤衷。
干白赖茅千盏少，
金腾午夜一宵通。
夭夭人面仍今在，
历历从前伴梦同。
感忆奔程分四海，
还祈共聚更东风。

2012年10月1日

---

① 为同教研室从事中文教学的刘彩玲老师，刘老师注重对学生传授传统文化，专教《弟子规》。

② 福建永定下洋侨育中学1992届高三毕业。

感大学毕业[1]十五周年聚

别分十五麓湖[2]逢，
促膝交觞倍乐融。
干白杜康千盏少，
酣歌慢曲五更终。
夭夭颜面风华在，
历历从前沉梦中。
长叹朋侪今四海，
重逢更待举杯同。

2012 年 11 月 18 日

乡亲春聚感吟

春到花城细雨濛，
乡亲约聚酒楼逢。
姑婆叔伯今相见，
老少朋侪满笑容。
清茗杯杯长短叙，
客音句句话情浓。

① 广州师范学院中文系 1997 届大学本科毕业，2000 年 4 月广州师范学院并入广州大学（新）。

② 位于广州越秀区北部，白云山麓。

欢欣还读秋盈[①]辑，
醉半诗翁[②]美赞重。

2023年4月16日

悼广东中华诗词学会老会长肖耀堂先生

霄汉隆冬陨一星，
岭南横泪洒苍溟。
骚坛痛失天骄子，
纷寄哀诗慰逝灵。

2023年1月7日

（本作发表在2023年1月16日广东中华诗词学会官网“广东诗词”，同时2023年6月刊发在《岭海风骚》2023年第一期）

---

①百大诗词学会出版的诗词集，家乡福建龙岩永定区民政局原副局长范先成先生（中华诗词学会会员）赠送。

②与会的有时任广东省诗词学会秘书长吴成岱以及前辈诗词爱好者。

悼先师原广东省写作学会会长、儿童文学专家陈子典[①]教授仙逝

岭南学界噩音来，
风雨含悲动地哀。
童老陈公乘鹤去，
歌谣广府哪人裁。

2024 年 6 月 8 日

附：悼陈子典教授挽联

陈子典教授千古

陈言百卷书童歌童谣童心童趣童颜宛在
子典千章篇道文道学道人道世道德昭垂

学生胡欣育敬挽
2024 年 6 月 7 日

---

① 先师陈子典教授是原广州师范学院副院长，曾任广东省写作学会、广州市秘书学研究会会长、广州师范学院儿童文学研究所所长等职，是儿童文学著名专家，作者曾与其共同编写过《应用文写作》（普通高等教育“十一五”国家级规划教材）等教材多部。

悼瑞殷叔公仙逝二首（古体）①

其一

悲闻殷公撒尘寰，
暗自神伤泪亦涟。
德艺仁风称人世，
仙魂犹在感九天。

其二

殷翁乃村百岁公，
鹤发童颜笑音容。
先德仁风人称道，
芳名永铸后世崇。

2017 年农历正月十六

①2017 年春时值正月十六，同村著名百岁老人胡瑞殷老先生不幸辞世，享年 103 岁。殷叔公生前行医，家德医风广为人称道，喜爱写诗，倍受邻里尊敬，被大家尊称为“殷叔公”。闻老人过完元宵翌日仙逝，悲痛之余写诗以表悼念。

逢建党百年贺黎启健[①]副院长入党过60载赋

黎人筑梦自仑头，
启肇军行廿一秋。
健步千程横岭表，
入深湘桂佐良谋。
党徽怀揣六轮载，
真意恩酬始未休。
光耀投身科与教，
荣欣今辈别无求。

2021年7月3日

---

①本作是纪念建党百年时致老领导黎启健副院长生前入党过60周年的贺作，老领导2022年8月25日溘然长逝，黎老一生倥偬生涯，转战桂湘，曾任湖南军区一副司令员参谋，后转业到科协系统、学校工作，通晓琴棋书画，多才多艺，为人和蔼谦虚、赤诚敬业、淡泊名利，生前特别关心作者诗词集出版一事。

节庆

2022 年元旦感赋

元祚年初气象新，
欢腾九域共良辰。
红梅笑俏三冬雪，
翠竹披新一色春。
崛起中华歌盛世，
复兴家国显经纶。
峥嵘舛路还坚劲，
虎啸群侪敌万钧。

2022 年 1 月 1 日

立春感吟

律回春渐日时新，
龙驭东风已步尘。
雨润青山腾紫气，
冰消岫壑渡河津。
晨晖破晓嫣花笑，
万物翻苏鸥鹭巡。

爆竹声声除岁去，
欣欣邀我共更轮。

2024 年 2 月 4 日立春
永定下洋作

元宵龙舞春

——赞家乡永定下洋下赤坑龙[①]

天赐祥和福报春，
辰龙摆首闹宵晨。
身如彩练当空舞，
羽驾轻风向日抡。
绣口衔珠吞瑞气，
长腰披锦见精神。
苍龙试问谁侬下[②]，
遍地神州龘龘[③]人。

2024 年 2 月 22 日

① 作者家乡自古有舞龙传统，据考清代便有舞龙记载（或更早），远近闻名。

② 此句整句倒装，本应“试问苍龙下谁侬”。

③ 形容龙腾飞时的样子。

除夕子夜[①]

烟花朵朵耀苍穹，
鞭炮声声震耳聋。
密鼓紧锣鸣入夜，
银花火树映天红。
高歌尽意朝轩殿，
狂舞开怀向碧宫。
海角天涯时有尽，
迎新辞旧乐无穷。

1995年10月26日

牛年除夕偶感

今年除夕不常同，
牛岁临春与友逢。
金橘新栽添喜庆，
桃花掇采运祈从。
雨绵涵润千山秀，
日丽盈晖万萼彤。

① 本作与后《九月九偶感》均为大学三年级上学期（1995年秋）时习作。

尊长仰遥天远外，
三杯浊酒解愁浓。

2021 年 2 月 11 日除夕

虎年除夕感赋（中华通韵）

虎年贺岁觅新词，
好字搜肠难入诗。
提笔盼来佳妙句，
成文偏却半离题。
孺牛辞岁珠含泪，
啸虎临春步舞姿。
爆仗声声催岁去，
寒梅喜看又添枝。

2022 年 1 月 31 日除夕
福建永定下洋作

2023 年除夕感吟（中华通韵）

年华不改旧时真，
虎步驰行又进轮。

万木迎阳山锦绣，
千帆尽过景纷纭。
卯门玉兔朝宫笑，
傲雪红梅向晚芬。
紫气东来春浩荡，
唤催寰内朗乾坤。

2023 年 1 月 21 日
福建永定下洋作

清明祭英烈

清明祭祀雨飞纷，
众悼英灵泪溅身。
几忆忠魂真骨气，
思追松柏共寒春。

2023 年 4 月 5 日清明
（本作发表在 2023 年 4 月 5 日花城诗社微信公众号·清明节专刊）

五一劳动节随想二首

其一

年年五一盼闲期，
何故辛忙胜往斯。
名字焉知先取好，
美称劳动正其时。

其二

摩天大厦汗抡锤，
五一仍然忘假期。
远看层楼纷耸起，
心波难抚念其谁。

2023 年 5 月 1 日

咏五四

揣梦青春志四方，
干戈为笔拓芜荒。
拼将热血浇身土，
绘就人生向艳阳。

2024 年 5 月 4 日

六一儿童节寄词二首

其一

遇逢童节忆轮番，
弹指烟消四十年。
侧望稚园听戏闹，
至今犹记荡秋千。

其二

孩童六一笑声喧，
载舞飞歌满稚园。
四十年来翻旧忆，
秋千荡乐梦中牵。

2022 年 6 月 1 日

六一忆童年

校园童节笑声扬，
阵阵甜歌奏四方。
勾起孩时多少忆，
翻回往日稚蒙章。
摸鱼爬树掏窝鸟，
戏水抓蝉玩躲藏。

几许情怀随转逝，
眸前只见鬓添霜。

2024年6月1日

辛丑端午忆屈子

端午今来我亦歌，
江河飘雨水层波。
龙舟不渡鹅潭浦，
角黍可流荆楚河？
屈子有灵知社稷，
怀王无意赐轮柁。
忠臣一代空悲忿，
长忆泪涔比水多。

2021年6月14日端午

端阳新人心絮①

时逢丽日正端阳，
驰赴品茶东海堂。
晏晏②新人开靥笑，
垂垂黍粽绕思长。
长尊遥望千山外，
儿女心牵一缕乡。
闽粤云程难共庆，
刷屏寄语问安康。

2005年6月11日

端午吟二首

其一

千里河江浪卷涛，
晴空霹雳阵雷高。
莫非屈子沉冤久，
秉道天公竟怒号。

---

① 本作为初结婚时第一个端午节与妻在广州花地湾东海堂喝早茶思家感作。

② 晏晏（yàn yàn），和悦貌。

其二

澄江十里看人头，
奋棹男儿竞逐舟。
试想当年非屈子，
哪来今日舸争流。

2023 年 6 月 22 日端阳

乙未中秋有感

万里起长风，
当空一月悬。
婵娟谁与共，
岁岁别时圆。

2015 年 9 月 27 日中秋

（本作发表在 2022 年 11 月 11 日《诗词》报官网《当代诗人·胡欣育诗词专辑》）

辛丑中秋月夜

暮色遥迢望欲愁，
穗城今日正逢秋。

银光飞泻花藏影，
金桂婆娑月弄钩。
白鹭洲头飞雁去，
海心桥下一江流。
云山叠嶂乡家远，
沙渚顷波夜渡舟。

2021年9月11日

九月九偶感

度度菊开熏醉意，
重阳岁岁断人肠。
长空望断无鸿雁，
遍地愁思皆故乡。

1995年10月25日

夏至

暖风淡淡雨初晴，
杨柳荫浓长昼生。
远望平江叠浪起，

穿波龙舸鼓连声。

2023 年 6 月 21 日夏至

大暑

骄阳似灼暑当空，
下煮上蒸称两同。
惟有门前庭荫树，
清风一缕面迎逢。

2023 年 7 月 23 日大暑

白露吟

蒹葭涘水雁成行，
转眼入秋白露凉。
玄鸟南归风劲起，
田间还看为农忙。

2021 年 9 月 7 日

秋吟

日已中秋暑未消，
霏霏绵雨涨江潮。
眸前若不柔黄[1]舞，
还误骄阳趁夏烧。

2023年9月24日

大雪

时逢大雪雪藏深，
骤降甘霖湿两襟。
寒意未添红叶舞，
却添诗句对天吟。

2023年12月7日

---

① 指淡黄、柔黄的叶子。

腊八二首

其一

腊八天寒宝粥香，
围炉煮酒绕思长。
蕊梅点点含朱笑，
许我同邻寄远方。

其二

腊八时来已近春，
家家老少叙天伦。
红炉五谷蒸锅煮，
枣粥飘香远溢邻。

2024 年 1 月 18 日

小寒

朔风啸烈掠高台，
向晚江天冰雪催。
琐绪年更春渺息，
寒枝只看蜡梅开。

2024 年 1 月 6 日

大寒

雪舞千山曙色明，
银蛇蜡象入眸睛。
天公擎举无形手，
待斫新轮岁换更。

2024 年 1 月 20 日

祝颂

缅怀毛主席诞辰 130 周年

少年宏志海河吞，
誓碎牢笼扫浊昏。
缔结工农驱鬼魅，
扶匡社稷定乾坤。
风骚独领唐人后，
剑笔真当举世魂。
指点江山凭浩气，
豪情揽月盖昆仑。

2023 年 12 月 28 日

纪念抗美援朝胜利有感

其一

鸭绿江边气壮天，
中朝戍国义相连。
雄师百万横身渡，
溃击豺狼命丧泉。

其二

美帝挥拳扰逼关，
边疆岂可肆强蛮。
中朝铁血同仇忾，
誓卫邦家斩敌还。

2023 年 7 月 27 日

贺党的二十大胜利召开

空前廿大喜开京，
麦穗镰锤两耀荣。
盛会欢欣同鼓舞，
鸿猷擘画总牵情。
神州熠熠金风浩，
华夏泱泱紫气盈。
习语铿锵宏愿起，
光兴国梦嗣航程。

2022 年 10 月 16 日

贺党的十八大胜利召开

神州赤日耀长空，
十八鸿猷正伟崇。
兴国倡廉开远道，
和谐共续树清风。
文明生态新篇谱，
五位蓝图朝道东。
党运从来关国运，
民生大计运筹中。

2012 年 11 月 8 日

七一观庆祝建党 100 周年直播大会后感

建党百年流炳辉，
传奇伟业乃称稀。
凤歌鸾舞齐讴颂，
稻穗镰锤两映依。
国运沧桑兴咏叹，
中华崛起震声威。
铿锵习语雄风在，
再百征程看奋飞。

2021 年 7 月 3 日

贺中国文联十一大暨中国作协十大双代会胜利召开二首

其一

京城岁杪聚文雄，
主席摇旗倡雅风。
话语殷殷宜守正，
初心牢记振华荣。

其二

文坛盛会喜催春，
筑梦培魂气象新。
笔力当追唐宋古，
高歌民庶重千钧。

2022 年 1 月 2 日

国庆 73 周年吟怀

迎眸晓日一轮红，
旗耀广场霞耀空。
巨阵欢腾歌国诞，
花篮锦绣祭英雄。
飞天梦想千秋事，

惠我人民万代功。
正色金秋承瑞气，
共期廿大九州同。

2022 年 10 月 1 日国庆

［本作获《中华诗词》杂志社 2022 年 11 月举办的“2022 中华诗词第十九届（网络）金秋笔会”优秀作品奖，并发表在《中华诗词》2023 年第 4 期］

纪念建军节 95 周年感赋

遍野哀鸿国运殇，
雄师举义指南昌。
行征万里关山越，
破浪千重赤水蹚。
捣蒋驱倭收寸土，
援朝抗美戍边防。
银河揽月长空舞，
铁盾安邦浩气扬。

2022 年 8 月 1 日

（本作 2024 年 7 月 31 日发表在羊城诗社微刊《八一建军节专辑》，另题为《八一颂》）

八一颂二首

其一　八一颂

黯色山河万马喑，
一声枪响破晨昏。
红旗高立雄师举，
铁打金瓯永固存。

其二　军训忆

曾踏军营记忆新，
军歌嘹亮饱情真。
着身迷彩多威武，
还要钢枪在绿茵。

2023 年 8 月 1 日

贺孟晚舟归国二首

其一

骄英三载多蒙尘，
列霸强辞镣禁身。
奈我中华十亿起，
舟归不晚傲国邻。

其二

天色苍茫已正秋，
鹏城月夜晚归舟。
乌霾横扫还昭日，
金凤扬眉获自由。
美帝恃强多霸意，
中华无畏顶寒流。
重洋小丑堪轻笑，
看我红梅傲九州。

2021 年 10 月 1 日国庆

园丁颂二首

其一

郡庠执教力耘耕，
矢志杏坛培俊英。
白首承传仁孝悌，
丹心训授品身行。
一支粉笔书华卷，
三尺方台吐粹菁。
尽瘁鞠躬挥血汗，
甘当红烛映苍生。

其二

庠序挥鞭始未更，
杏坛默默育才英。
丹心授教高风节，
白首承传正德行。
三尺讲台书画卷，
一支粉笔哺苍生。
鞠躬尽瘁呕心血，
桃李春风万代名。

2022 年 8 月 28 日

（本作第一首发表在 2022 年 11 月 11 日《诗词》报官网《当代诗人·胡欣育诗词专辑》）

贺神舟十二发射成功（新韵）

神舟十二又飞天，
振翅风鹏出酒泉。
国将三锋披玉羽，
雄师百技运筹间。
追天宏梦思千载，
巡礼星河看万般。
腾跃中华当世耀，
国人祈首再新篇。

2021 年 6 月 17 日

贺神舟十三凯旋（新韵）

探测苍穹欲问巅，
三英逐梦奋追天。
重霄揽月世生梦，
银汉摘星半载还。
授课空舱传秘宝，
攻研浩宇立前沿。
神舟展翅云河动，
惊叹中华已领先。

2022 年 5 月 1 日

贺神舟十四成功发射

甫过端阳喜讯传，
神舟遥看入云巅。
苍穹熠耀银河动，
惊问中华第几船？

2022 年 6 月 5 日

（本作发表在 2022 年 11 月 11 日《诗词》报官网《当代诗人·胡欣育诗词专辑》）

冬奥会颂诗二首

其一　贺二〇二二冬奥会在京胜利开幕

燕京羊日[1]正春浓，
圣火燃擎耀国红。
冬奥五环连四海，
相邀冰雪看雄风。

其二　冬奥会看谷爱凌自由式滑雪跳台夺冠有感（中华通韵）

翔滑幽谷燕轻飞，
虎步冰霜笑展眉。
独爱惊鸿抒羽舞，
凌云破雾志摘魁。

2022 年 2 月 17 日

贺家乡土楼申遗成功

盛世承平喜事重，
土楼遗产展雄风。
欢歌齐奏客家美，

---

① 古时候称正月初四为羊日。

华夏骄天众乐同。

2008 年 7 月

福建永定作

贺福建舰下水

嵬嵬福舰起茫洋，
抛却诗书喜若狂。
看我中华坚甲在，
雄风浩浩逐沧浪。

2022 年 6 月 17 日

番禺南村作

颂数学家梁之舜[1]教授二首

其一

英杰平凡出季华，
攻坚概率数头家。

① 梁之舜教授为广东省佛山人，曾任中山大学教授，概率统计领域研究专家。

期颐早过犹思国，
肝胆昆仑映晚霞。

其二

英杰平凡出季华，
攻坚概率数头家。
潜研统计垂先范，
南国标新一树花。

2022年6月21日

贺《诗词》报创刊四十周年二首

其一

诗词创报卌年秋，
雅韵清音尽眼收。
艺苑琼葩颜正色，
风骚竞逐万花稠。

其二

诗词四十正年红，
翰墨鸿篇唱大风。
不改初衷书卷气，

新声古韵锦文中。

2023年11月30日

［本作发表在2023年12月31日《诗词》报官网“《诗词》创刊40周年题贺作品展（四）”专栏，同时2024年1月15日刊发在《诗词》报2024年第1期］

首次参加中华诗词2022金秋笔会感吟

——贺中华诗词2022金秋笔会召开

中华笔会况空前，
吟友云端磋韵篇。
八斗经师传律宝，
儒风育化遍诗仙。

2022年11月5日

［本作发表在2022年11月6日《中华诗词》杂志官网“第十九届（网络）金秋笔会贺词专辑（四班）”专栏］

贺家父九秩寿（中华通韵）

家父开春迈九〇，
朋亲姐妹聚轩庭。

旁邻接踵来前贺，
长幼欣欢拜寿星。
七秩人言从古少，
遐龄仰望日今称。
儿孙共敬长生酒，
福喜常留最此登。

2023 年 1 月 24 日农历正月初三
永定下洋作

2021 年祝福高考学子（中华通韵）

读苦十年面壁窗，
夏闱[1]向逆志如常。
郡庠斗笔书华卷，
鱼跃龙门一栋梁。

2021 年 6 月 6 日

① 夏闱（wéi），古代有春闱和秋闱，代指高考。

2022 祝福高考学子

黉门[1]苦练十年功，
汗浸诗书枕化风。
桃李乘风奔桂去，
青云逐梦胜飞鸿。

2022 年 6 月 7 日

致高考

青春一搏最疏狂，
笔握长毫作刃枪。
十载寒窗磨利剑，
今朝鏖战试锋芒。
天宽任鸟飞高远，
卷阔由君写短长。
何惧云烟遮望眼，
真金百炼始成钢。

2024 年 6 月 7 日

① 黉（hóng）门，指学校。

羊城颂

南粤羊城自古骄，
楚庭[1]肇始两千遥。
五仙霞洞藏真宝，
七二英魂耸九霄。
擎柱蛮腰呈绰约，
沉沙珠石镇春潮。
摩峰远望风光好，
锦绣非同日夕朝。

2024年3月30日

①"楚庭"，位于广州越秀山南麓百步梯上（越秀公园内），广州的别称，通常被认为是广州建城之始。

其他

临中秋闻甘孜地震寄怀

几度飘蓬盼月圆，
而今翘首外云天。
周遭噩迕伏还起，
泸定山崩念挂牵。
五岳无情身欲坠，
上苍有恨泪涟涟。
蟾宫迢递清辉在，
且寄遥怜越阻川。

2022 年 9 月 8 日

（本作发表在 2022 年 11 月 11 日《诗词》报官网《当代诗人·胡欣育诗词专辑》）

老娘心

儿别家乡向远行，
娘亲慢语句叮咛。
依依惜送来村口，
遍遍慈音寄短亭。

2023 年 5 月 14 日母亲节

送郎入学

孩儿苦读十年窗，
逐梦青春拜别乡。
奋志攻书千里外，
雄心磨剑四年长。
远门初出难离舍，
近会无期久隐伤。
左拽箱包右提桶，
鹏程牵挂是爹娘。

2021 年 8 月 30 日

秋耕二首

其一

锄禾日午圃田中，
久未躬耕手肿红。
汗洒方知劳作苦，
从来天下最怜农。

其二

镰锄挥舞汗纷飞，
苇草翻除化地肥。

翠竹丛林莺百啭，
似询耕早种人谁？

2021 年 8 月 26 日
增城小楼二龙村作

说诗人（古体）

山外青山楼外楼，
诗仙未料此般多。
诗仙若问有多少？
多过细沙赛恒河。

2022 年 8 月 27 日南村作

《长安三万里》观后感赋二首

其一

诗行半百戏连篇，
俊采星驰各竞妍。
万里长安原莫远，
大唐回放一屏前。

其二

半百诗行戏串篇，
星驰俊采竞争妍。
长安万里原非远，
一幕唐风尽眼前。

2023年9月2日

观海珠湿地诗会感赋

湾区苍月映平湖，
浩浩穹空一缀珠。
盛会吟章讴粤地，
高歌奏阕颂唐虞。
新声古韵笙箫绕，
浅唱轻弹曼舞趋。
雅调飞汀缠绿柳，
闲鸥醉罢弄浮桴。

2023年12月6日

（本作2023年12月15日发表在《诗词》报2023年12月第23期第7版“2023年湾区诗会之‘湾区月·海上珠’海珠湿地诗会”专栏）

怒怼日本排污入海

小倭罔顾怨声高，
毒水横流肆任漂。
四海齐喑悲暗泣，
连天滴泪化惊潮。

2023 年 8 月 24 日

清茶

闲时会友一盅茶，
侃毕家常侃月霞。
坐看晨昏云雨过，
悠悠清茗品天涯。

2023 年 4 月 12 日

远方

青春负笈远他乡，
为梦将来汗滴行。
影挟清风何足道，

白云且借渡前方。

2023 年 8 月 18 日

足迹

行囊负重远乡家，
纵任卑身向际涯。
足踏渊深曾也过，
且留恬淡敬余霞。

2023 年 6 月 6 日

第二部分 词作

贺新郎·羊城木棉红

料峭春寒处。望江滨、翠丛遍岸，俏枝红吐。啼鸟春归欢雀跃，怅碧寥声不住。渐暖霭、丹霞飞渡。璀璨棉红辉天映，更染红江浦花千树。醉卧起，沐香露。

登攀不问来时路。到而今、春华烂漫，志胸如故。傲骨嶙嶙身何去？气定神闲炼铸。阳正丽、昂然迈步。莫负韶华追今古，愿吐红芳尽留春驻。谁共我，梦圆谱。

2021 年 3 月 4 日

［本作于 2022 年 7 月 5 日获“广州首届木棉文化节诗歌征集比赛活动”银奖（全国性征文），2022 年 6 月 30 日刊发在《诗词》报 2022 年第 12 期］

沁园春·红棉颂

乍暖还寒，簇簇殷红，尽染蓼汀[①]。恰仲春时季，嫣然璀璨，吐枝争放，灼灼燃兴。四序更番，繁花几度，独看云天孤柱擎。萧森处，任一蓑烟雨，暗渡芳馨。

雍容气度铮铮，哪管甚惊雷霹雳轰。目凄凄前路，神闲自若，志胸如故，何惧峥嵘？纵也飘凋，落英匝地，终化良材庇

① 指生长着蓼草的小洲，泛指绿洲。

众生。风霜外，仰英雄正节，傲骨崚嶒[①]。

2022 年 3 月 31 日

［本作于 2024 年 3 月 30 日获“广州第三届木棉文化节诗歌征集比赛活动”二等奖（全国性征文），2023 年 1 月 30 日发表在《诗词》报 2023 年 1 月第 2 期］

江城子·木棉红

红尘万朵最高枝。立垠崖，傲山蹊。霜风还膀，一吐洒春辉。染尽丹霞绵十里。心似血，奋天垂。

越王台上看骄姿。抱忠归，待何时。英雄八丈，气节壮如诗。托日珊瑚烽火树，燃烈烈，死生依。

2023 年 4 月 13 日

沁园春·南海潮起

肇始秦皇，故郡开先，迭代嗣兴。看千年古邑，襟江湖带，物华天宝，人杰地灵。南海观音，西樵名胜，苍翠峰山鸟啭鸣。嚣城外，赏江南水秀，熠耀繁灯。

① 本义高耸突兀，比喻特出不凡、刚正不阿。

风华浩浩蜚声。隽美岭南文脉续承。忆康梁变法，飞鸿腿影，醒狮争霸，几许堪惊。科技强区，黄金走道，更叹今朝锦绣呈。春潮起，正扬帆竞渡，箭步前行。

2022 年 8 月 16 日

（本作于 2022 年 11 月 30 日获广东中华诗词学会、佛山市南海区文学艺术界联合会主办的“迎接党的二十大”广东诗词大赛优秀奖）

暗香·小楼春

小楼[①]展卷，旷野低碧树，平畴洼泽。骋望岭岑[②]，袅袅炊烟若纱织。迟菜花开遍地，金灿灿，蜂飞香溢。恍似画、竹影摇风，云霭漫千尺。

闲立，宝塔[③]侧。独爱看晚晴，满目山色。古松拔直，枝丫婆娑映斜日。常记曾相聚处，藤树绕[④]、池塘枯荻[⑤]。又阵阵、风掠过，几时见得？

2021 年 5 月 2 日

---

① 增城小楼镇景物优美，以何仙姑庙和迟菜心著称，是作者的扶贫故地。

② 岭岑指小山。

③ 指何仙姑塔。

④ 指何仙姑景区的盘龙古藤，称仙源藤。

⑤ 指枯草。

（本作 2023 年 1 月 8 日发表在中华诗词学会乡村诗词工作委员会官网《新田园诗》2023 年第 4 期“当代田园诗新唱”专栏）

望海潮·贺建党百年

嘉兴湖畔，红船筑梦，横空璀璨朝霞。星火燿焜[①]，燎原遍地，泱泱国土同家。携侣浪天涯。怒涛卷霜雪，寻路坑洼。壮志绸缪，盼山河霁色无遮。

征途漫漫攲斜[②]。立初心夙愿，并驾驱车。西漠北陲，蘑云绽放，扬威祖国添花。腾跃世人夸。北斗蛟龙号，神十探遐。异日蓝图好景，流彩熠中华。

2021 年 5 月 19 日

（本作 2021 年 6 月 18 日发表在广东中华诗词官网“广东诗词”之“庆祝中国共产党百年华诞”专栏，2022 年 10 月获宿州市市直机关工委、宿州市教体局、农村孩子报社主办“百首最美诗歌献给党”大型诗歌征集比赛优胜奖）

① 燿焜（kūn），辉耀之意。

② 攲（qī）斜，歪斜，形容道路曲折。

沁园春·羊城颂

瑰丽羊城，锦绣珠江，碧水澹湲。看新晖越秀，云山叠翠，蛮腰拔立，举世名传。革命红芳，黄花皓月，历史烟云动地篇。千秋事，正眸中浮影，感慨思牵。

精神火种绵延，更奏凯歌华章正弦。叹锦春潮起，波澜壮阔，百帆竞渡，袂舞翩跹。党召如山，初心不改，壮志踌躇坚似磐。逢春好，又从头迈步，接续登攀。

2021年5月11日

（本作2021年6月18日发表在广东中华诗词官网“广东诗词”之“庆祝中国共产党百年华诞”专栏，同时2023年1月30日刊发在《诗词》报2023年1月第2期及2023年2月21日《诗词》报官网《胡欣育诗词选·〈诗词〉·诗咏广州》）

沁园春·羊城写意

叠翠含烟，细雨声潺，岸吐蕾红。满目皆新柳，怡然怀畅，五颜荆紫[①]，斗艳争浓。漫步园林，寻花巷陌，当日何曾轻不从。新春到，叹流年已去，万木葱茏。

拳拳抱负成胸，又岂料寒风还雨重。幸志明心阔，坦然自若。非惟我拙，更有人雄。避躲危情，消残壮志，郊野湖中闲

① “荆紫”本为“紫荆”，为合音律调转。

觅踪。吾何恨，与渔樵共醉，山水为同。

2021 年 2 月 13 日

（本作 2023 年 1 月 30 日刊发在《诗词》报 2023 年 1 月第 2 期，同时发表在 2023 年 2 月 21 日《诗词》报官网《胡欣育诗词选 ·〈诗词〉· 诗咏广州》）

满庭芳 · 羊城过年宵

叠翠含微，花红遍岸，白鹭开翅林滨。漫挪轻步，聊看锦花纷。多少人间美景，频回首、无限春欣。熙阳下、葱茏万木，芳草碧成茵。

销魂！当此际，花香满载，寒岁逢春。召听守羊城，幸会轩门[①]。此别何时又聚？乡关望、爆竹缭云。不堪耳、清风皓月，酒醒已黄昏。

2021 年 4 月 30 日

（本作发表在 2022 年 11 月 11 日《诗词》报官网《当代诗人 · 胡欣育诗词专辑》）

① 轩门，小屋的门，喻指小地方。

小重山·端阳寄

五色丝缠裹粽香。艾符斜挂角、饮雄黄。荷衣轻解濯沧浪。龙舟动，共此吊沅湘。

天问几堪伤？读离骚橘颂、总牵肠。忠贞謇謇①付涛江。长追忆，竟掩涕千行。

2022年6月3日端午

（本作2023年6月22日同时发表在中华诗词学会官网、《诗词》报官网）

临江仙·癸卯十月初五日观“湾区月，海上珠”海珠湿地诗会

月迴星高波影碎，绿荫灯火阑珊。轻吟浅唱颂诗连，玉楼余响，阒阒醒寒蝉。

湿地逢秋襄诵会，星驰俊采风翩。馨声雅韵踵佳篇，珠玑音翰②，听粤海千年。

2023年12月9日

（本作2023年12月15日发表在《诗词》报2023年第23期）

---

①謇謇（jiǎn jiǎn），出自《楚辞·离骚》，是正直、直言、忠贞之意。

②指诗文。

定风波·秋登

秋日斜阳映晚霞，摩天峰岭望穷涯。满目山枫红欲尽，风阵，飞鸿声里忆年华。

陡壁丛林行渐远，嗟叹，峰回路折雾云遮。回首来时经始处，归去，蓬庐深阁可听笳。

2022 年 9 月 15 日

（本作 2022 年 10 月 15 日发表在《诗词》报 2022 年第 19 期）

踏莎行·莲塘[1]觅春

春夏连（莲）塘，新荷盈盏，一池风皱吹人面。高台独坐看芳丛，暗香几许来幽远。

翠竹藏莺，田间飞燕，似如酣梦何曾见。绿林深处问花开，斜阳已照西堤岸。

2021 年 8 月 30 日

① 指广州增城荔城街莲塘村，被评为广东省文化和旅游特色村。

水调歌头·鹤之洲

冬日泛舟渡，又见鹤之洲。荔林寻觅深处，烟霭锁枝头。正念陶潜彭蠡，忽见渔翁弄桨，湖面起飞鸥。雾散霁天阔，江浦又扁舟。

绕栈桥，停江岸，越山丘。湖山湿地，枝丫兀立野鸭啾。废沼荒丘畴昔，丽影婆娑今此，一睹有何求？快意平生事，醉梦鹤洲游。

2021 年 3 月 6 日农历正月廿三

（本作 2023 年 1 月 30 日发表在《诗词》报 2023 年 1 月第 2 期）

忆旧游·汤子阁[①]游

故乡汤子阁，峭壑凌波，村侧溪滂。别号金丰溪，水流淙澹漾，直奔韩江。立妈祖殿崖崿，松雾绕山冈。正旺茂迎春，游人不绝，佑照灵光。

沧沧，泡汤水，暖气沸云腾，幽液琼浆。汗出淋漓畅，叹怡然怀惬，相顾池央。觅欢更在汤外，嬉耍沙滩旁。盼见曰皆桥，清风皓月潭水瀼[②]。

2021 年 3 月 15 日农历二月初三

① 汤子阁是家乡福建永定下洋一旅游胜景，村有天后宫、温泉、曰皆桥，傍金丰溪，风光翘楚。

② 瀼（ráng）：形容水波开合样。

念奴娇·永定土楼[①]颂

客家永定，土楼骄华夏，美名嘉赐。先族漂萍兮辗转，辟草[②]一方留寄。夯土成楼，栖身赓续[③]，穷壤[④]开天地。方圆森列，兀丘畴陇云萃[⑤]。

碧瓦桂栋盈辉，八方来客，懿范[⑥]存府第。胜饯[⑦]欣逢笙磬奏，盛世载歌祥瑞。物华天祉[⑧]，怡然归去，何待花开季！土楼如画，鼓鸣飘乐心醉。

2021 年 3 月 29 日

---

①永定土楼是福建客家土楼群的标志性建筑，以洪坑振成楼、福裕楼，高头承启楼，初溪集庆楼、余庆楼等为典型代表，2008 年 7 月 6 日成功申报世界文化遗产，文中所写是庆贺永定土楼申遗十周年盛况。

②辟草，指开垦荒地。

③赓续，即继续，指繁衍生息、传承接续。

④穷壤，指荒远偏僻的地方。

⑤兀句指土楼在山丘田园兀立云集。

⑥懿范，美好的道德风范。

⑦胜饯，盛大的宴会。

⑧天祉，天赐的福祉。

满江红·下坪[①]龙舞春

下赤坑乡，承先统、迎龙[②]成习。逢节庆、龙腾凤舞，花灯烨熠[③]。羁外[④]村贤趋[⑤]返里，共襄盛典人如织。旅居客，当此最思归，乡情溢。

年光好，龙奋翼[⑥]。烟火耀，苍穹赤。绕溪冈桥畔，炮鸣锣击。串巷走街游祖庙，朋侪[⑦]挥舞追朝夕。正当春，龙跃彻晨宵[⑧]，民欢极。

2021年4月11日

蓦山溪·二龙山记

层田花汇，云际山峦翠。正姹紫嫣红，捻花香，蜂飞蝶醉。午阳真好，碧绿映红芳，乌榄坠[⑨]。风乍起，鸟啭深林里。

---

①指老家土楼之乡福建永定下洋镇的下坪村，也称下赤坑，人杰地灵，村贤辈出，村中自古尚舞龙，逢年宵喜庆迎龙，远近闻名。

②同舞龙。

③烨熠（yè yì），指花灯火光闪耀。

④指寄居他乡。

⑤指争赶、快速。

⑥形容舞龙飞舞样。

⑦指志同道合的舞龙队青年。

⑧指通宵达旦。

⑨指山上乌榄树多，十一二月果实累累。

游人络绎，逐影嬉欢至[1]。峭壁荡游桥，仰天唱[2]、余兴未已。迹循盘道[3]，僻野觅桫椤，因甚个[4]，听涧水，独爱丘畴美。

2021年4月25日

鹧鸪天·广州好

锦绣羊城花正浓，百年党教唱先锋。五羊拾穗传佳话，圣地前沿遍地红。

南粤塔，白云峰，众芳群放倍从容。珠江浩荡春潮起，百舸争流趁乘风。

2021年5月9日

（本作2023年1月30日刊发在《诗词》报2023年1月第2期及2023年2月21日《诗词》报官网《胡欣育诗词选·〈诗词〉·诗咏广州》）

---

① 指在田园里留影游乐，兴致极高。

② 指在田园里唱泉，唱泉为现代园林流行的游乐设施，将麦克风与喷泉相连，歌喉音多高泉水喷多高，倍受年轻人追捧。

③ 指沿着弯曲盘旋的山路。

④ 是“因为什么事”的意思。

洞仙歌·日月山①颂

边关大漠，猎猎风旗掠。碧草牛羊满山阙②。望亭山，日月③相映迢遥。长思忆，汉藏姻亲此结。

文成啼赤岭④，两泪成行，相送层山有终别。梦日夜长安，皓月无声，疏星淡、倒溰河⑤咽。看古道唐蕃正同家，盼永泰山河，亘绵千迭。

2021 年 5 月 30 日

鹊桥仙·七夕咏词

遥迢星汉，莽苍河隔，织女牛郎两处。经年久别此相逢，恨离合、情同谁诉？

鹊桥秋冷，天宫寒露，今夕短欢明去。玉钩银碧浸佳期，黯相望、星星传语。

2021 年 8 月 14 日

［本作发表在 2023 年 8 月 22 日羊城诗社微刊（2023 七夕节专刊）］

---

① 青海日月山，相传文成公主远嫁松赞干布时曾经过此山，是汉藏和亲见证。

② 山崖缺口。

③ 指日月山上的日亭和月亭。

④ 日月山。

⑤ 日月山下的倒淌河，为合音韵改谐音。

临江仙·蜈支洲岛寄怀

碧海蓝天开胜景，银滩岛岸礁峰。瑶池圣水自苍穹。凭栏面眺，道幸此时逢。

天际遥迢弯月照，夜阑还挂深宫。话酣只叹去来匆。孤灯攲[①]枕，听浪五更钟。

2021年8月2日

（本作发表在2022年11月11日《诗词》报官网《当代诗人·胡欣育诗词专辑》）

更漏子·观海

看惊涛，潮打浪，数点礁峰千嶂。波潋滟，水层澜，银滩十里湾。

晴空碧，白云织，万里海天一色。一阵阵，一声声，渺烟鸥鹭行。

2021年8月19日

（本作发表在2022年11月11日《诗词》报官网《当代诗人·胡欣育诗词专辑》）

① 读qī，歪斜、倾斜之意。

少年游·又见汤子阁

金丰溪绿水沧浪①，汩汩②奔韩江。青松兀立，凌波峭壑，汤阁自名芳。

小池月影横斜浅，离阔③十年长。独倚阑干，葛藤④桥角⑤，但见旧潭瀼⑥。

2021年8月23日

永定下洋作

定风波·秋登牛牯嶂⑦

其一

秋日斜阳映晚霞，牛牯峰顶望天涯。满目枫林红欲尽，风

---

① 沧浪（cāng láng）：形容水色青苍。

② 汩汩（gǔ gǔ）：形容水流动的声音。

③ 指阔别。

④ 这与“葛藤坑”传说有关，作者目睹桥头葛藤由此联想。“葛藤坑”传说是客家人生生不息的精神火种和“创世纪”神话，是客家人危难时刻宁作自我牺牲精神的写照，作者2020年9月15曾在《闽西日报》发文《土楼魂》曾提到此。

⑤ 指曰皆桥：由著名爱国华侨胡曰皆先生捐建的村桥，胡曰皆系福建永定下洋中川人，桥梁屡遭洪水冲毁，后均由其及夫人捐建。

⑥ 指水波开合，形容水波荡漾的样子。

⑦ 牛牯嶂，又名灵山，海拔1084.3米，是增城最高峰。

阵，雀鸦声里忆年华。

陡壁丛林行渐远，嗟叹，千回百折路坑洼。回首来时经始处，归去，此心安处便吾家。

其二

秋日斜阳映晚霞，牛牯峰顶望千家。满目枫林红欲尽，风阵，雀鸦声里忆年华。

陡壁丛林行渐远，嗟叹，峰回路转遍坑洼。回首来时经始处，归去，吾心安处便天涯。

2021 年 9 月 4 日

卜算子·感孟晚舟归国

水阻万千重，何日归家国。美帝加拿陷晚舟，歧路迢迢隔。

三载斗严寒，终胜冰凌激。熠熠中华一抹红，还照天边赤。

2021 年 10 月 2 日

水调歌头·橘子洲瞻毛主席雕像感

雾霁楚天阔，舟楫渡潇湘。鸥飞橘子洲头，碧翠映沧浪。翘首浮雕立处，主席英姿勃发，眺渺渺前方。听任浪风起，何惧夜途长。

报国志，少年立，气方刚。文韬武略，挥斥方遒意昂扬。指点江山成器，朗朗乾坤在握，妙手谱华章。看我河山秀，一代放光芒。

2021 年 10 月 31 日

好事近·秋收

青径竹离离，林鸟叫声悠啭。看僻野平畴处，稻稷花香遍。
种耕荷担晚锄归，田忙怎言倦？天朗照山头月，更有行人远。

2021 年 12 月 29 日

行香子·秋韵

山映斜阳，潋滟秋光。云深处、白鹭驰翔。平畴旷地，水过陂塘[1]。看北溪细，东溪短，西溪长。

重重似画，幅幅浓妆。稻田间、耳绕蛩腔。偶然乘兴，越步山冈。正榴儿红，柿儿艳，柚儿香。

2021 年 12 月 30 日

①指池塘。

太常引·望乡

金风瑟瑟近重阳，遍野菊花黄。云淡雁南翔，骋目远、重重岭冈。

渺空万里，镜池潋滟，秋韵共天长。吟笑伴斜阳，正道是、萦愁望乡。

2022 年 9 月 18 日

（本作 2022 年 10 月 15 日发表在《诗词》报 2022 年第 19 期）

迎春乐·春光好

山城二月春归早。百花妍、燕飞到。柳梢头，鸟啭鸣晨晓。正酣梦、闻声闹。

窗外望、稻田烟绕。牛背后、犁耙耕道。沃野奔奔种作，趁此年光好。

2022 年 1 月 9 日

西江月·时光

台镜瞭形余倦，霜花染鬓斑斑。风容怎耐得流年，缱绻闲愁难散。

往事尽随飞絮，旧时暗伫心间。阑珊夜色忆童颜，只叹韶光去远。

2022 年 1 月 11 日

满江红·元宵乐

雨润山川，风浩荡、虎雄催晓。花万树、暗香幽远，吐枝争俏。鸾凤和鸣翩舞起，祥云开泰欢声绕。又佳节、锣鼓响嚣喧，花灯闹。

长龙翥[1]，狮蹦跳。烟火赤，连天炮。瑞年元宵乐，贺民安好。把盏邀杯明月夜，赋词千奏还嫌少。换春来、看万象新添，歌吟笑。

2022 年 2 月 13 日农历正月十三

青玉案·元夕寄怀

融融月色花千树，锦灯灿、鱼龙舞。福海登临春正好，锣鸣箫闹，蟾宫玉兔，遥羡人间煦。

燕京盛会洲朋聚，喜看冰墩笑盈语。恰此宵光华耀处。笙

---

① 指高飞之意。

歌依旧，一怀兴绪，又见星如雨。

2022 年 2 月 20 日

桂枝香·春望

红丛滴翠，醉透了孟春，莺歌啼晓。千里澄江似练，丽波烟渺。赤橙黄绿青蓝紫，伴东风，晨阳还照。一帆船影，穿云横渡，正争分秒。

又年年、繁花看俏。叹门外楼头，人来人绕。三载阴霾消散，万川含笑。恰逢旭霁[①]春光处，北来南往倍喧闹。莫空时度，临风把酒，夕阳箫调[②]。

2023 年 3 月 19 日

唐多令·忆故居

荒径竹离离，横塘半绕溪。四十年，始得乡归。华屋烟飞今哪处？残垣壁，却依稀。

墙角蜡梅垂，又听莺啭啼。忆流光，旧梦如斯。欲把心笺

① 指清晨雨后出太阳。

② 指古代十大名曲之一《夕阳箫鼓》。

聊寄酒，萦愁甚，化千杯。

2022 年 3 月 23 日

（本作发表在 2022 年 11 月 11 日《诗词》报官网《当代诗人·胡欣育诗词专辑》）

浣溪沙·春待

一树妆红倚翠微，柳烟新染已千垂，春光不负盼歌诗。

暗想芳华应处处，忽来霪雨雾成帏，看花堪待与同谁？

2022 年 5 月 6 日

念奴娇·七一党旗红

硝云烟影，碧湖红船渡，赤旗扬起。血雨腥风寻出路，搏击中流千里。斩棘披荆，镰锤高举，收拾山河碎。东方破晓，一轮杲日赫炽[①]。

立党救国维艰，共和缔造，马列成真谛。改革宏图兴社稷，刮骨疗伤强体。不忘初衷，勇担使命，襄九州清治。陶唐重现，大鹏开振雄翅。

2022 年 7 月 1 日

① 指炽烈之意。

一剪梅·春愁

暮雨潇江一脉流，渺渺烟浮，尽看沙洲。忽闻天远野鸭啾，几度神游，独渡横舟。

匝地繁花连畔丘。处处风柔，意绪难收。芳华瞬息怎淹留？红了枝樛，缱绻心头。

2022 年 4 月 17 日

（本作发表在 2022 年 11 月 11 日《诗词》报官网《当代诗人·胡欣育诗词专辑》）

虞美人·春惜

还寒乍暖昏晨晓，映目皆芳草。天街霪雨更斜风，寂寂江汀堪忍遍残红？

荆花只剩疏疏影，鸟唤声声醒。纷纷人事胜春愁，艳瘦绿肥相看万般悠。

2022 年 4 月 23 日

八声甘州·春怅

倚柳风细细渐春愁，独立雨江天。目层波迭起，霁空杳杳，点染寒烟。遍处红衰翠减，眸眼失芳妍。唯有横舟渡，逆越流湍。

十里方圆远近，正墙门紧锁，高筑篱樊。叹归家路邈，何故此多般？念亲亲、登临凭眺，递迢迢、那叠嶂堪翻？争知我、几番颙望[①]，欲罢还难。

2023 年 5 月 29 日

如梦令·春别

抹抹花红归去，正是一年春暮。疏梦醒还浓，望目霁波轻雨。休误，休误，庭外鹧鸪无数。

2022 年 5 月 22 日

望海潮·湄洲妈祖吟

鯑江形胜，横帆海峤，滔滔碧水天流。凫雁翥翔，扶摇万里，连绵远浦烟浮。云树绕汀洲。伏涛卷潮雪，千仞难收。八面灵风，正蓬莱蜃景迎眸。

① 颙望（yóng wàng），指凝望、盼望之意。

茫茫隔岸乡忧。剩航程一箭，绮梦萦愁。长笛弄晴，渔歌泛夜，昭昭圣母高猷。波涌浪前头。只盼樯稳渡，桑土绸缪。赓续炎黄祖业，风雨济同舟。

2022年7月23日

（本作发表在2022年11月11日《诗词》报官网《当代诗人·胡欣育诗词专辑》）

临江仙·妈祖颂

浩浩鲚江翻雪浪，神妃坐镇安澜。功垂航运国封贤。林家渔女，千载赫名传。

海峡苍茫泱水阻，默娘文脉相连。中华裔胄福绵延。灵光映照，祐祖梦长圆。

2022年7月24日

临江仙·七夕遇雨

遥际纤云遮晚暮，雯间烟雨绵濛。霾风恁急过瑶空，鹊桥安在，关锁恨千重。

又是一年离别久，牵牛织女今逢。玉钩消遁正愁浓。天阶是处，恍见落梧桐。

2022 年 8 月 4 日七夕

（本作发表在 2022 年 11 月 11 日《诗词》报官网《当代诗人·胡欣育诗词专辑》）

望海潮·乡村正兴

川岑遥望，嫣花含笑，山头绿意千丛。曾也僻乡，三农奋起，而今万象朝东。逢盛世春风。小楼换洋墅，南北皆同。沃野平畴，看渔耕百业昌隆。

帮扶造化新功。正乡兴振翅，车马如龙。云网洽商，兜风揽胜，人流络绎行匆。天赐乐融融。日夜操场舞，摇摆从容。民富高韬靠党，施济德恩崇。

2022 年 8 月 13 日

沁园春·非凡十年

改革飞鹏，浩浩凭风，卌载奔康。越沧桑十度，疗伤刮骨，调樯正舵，稳渡行航。扶济高猷，乡兴振翅，绿水青山貌换装。和春煦，叹庶民饶乐，粮谷丰仓。

兴邦大道康庄。续不变初心豪气扬。看擎天北斗，神舟揽月，蛟龙潜海，傲笑东方。逆厄临前，雨风共济，危难关头挽虐狂。新程起，廿大催征远，继谱辉煌。

2022 年 8 月 22 日

好事近 · 秋望

金浪拂风柔，正是稔[1]收时唤。尽目沃畴深处，稻稷花香遍。
匆匆稼穑晚锄归，荷担暮霞伴。头顶一轮山月，更照农人远。

2021 年 12 月 29 日

（本作发表在 2022 年 10 月 15 日《诗词》报 2022 年第 19 期）

水调歌头 · 吴兴吟

翠筱绕湖带，回望数山遮。千年古邑纷纭，烟雨浪天涯。一棹涟纹骤起，三叹先公泰伯，德让美名嘉。鸿鹄志存远，安此建园家。

① 读 rěn，指庄稼丰收。

鸥波[①]笔，渔父曲[②]，圣人[③]茶。鳜鱼肥美，西塞山畔看桃花。贤士林间称意，载酒携琴庐舍，幽意赏云霞。白鹤今寻处，能纵共浮槎？

2022 年 9 月 3 日

行香子·湖州行

碧树娉婷，花溆烟汀。轩窗外、鹭点波轻。苍峰列阵，独木舟横。骋目溪峦，霅溪[④]柳，苕溪[⑤]菱。

渔歌唱晚，灯火三更。灭明处、旋网收盈。春意缥缈，鹤步乘兴。赏鲈鱼戏，鲤鱼跳，鳜鱼鸣。

2022 年 9 月 6 日

（本作发表在 2022 年 11 月 11 日《诗词》报官网《当代诗人·胡欣育诗词专辑》）

---

① 指楷书四大家之一元代赵孟頫，今湖州人。

② 指唐人张志和《渔歌子》所写西塞山现在湖州。

③ 指唐人陆羽，著《茶经》，被称为“茶圣”，曾定居湖州的苕溪之畔。

④ 霅溪（zhà xī）是太湖的重要支流，在湖州境内。

⑤ 苕溪（tiáo xī）是太湖的重要支流，在湖州境内。

采桑子·重阳

江天雾锁凉风阵，岁又重阳。隐隐花香，丹桂桥头暗自芳。

窗前还滴三更雨，梦里归乡。叠叠行囊，弄楫乘桴夜渡航。

2021 年 10 月 14 日

满江红·国庆颂

华夏骄天，红旗猎，金秋贺诞。花锦绣，举杯当月，鼓箫扬远。情满山河歌起伏，神州飞舞霓裳转。齐吟讴，盛世颂升平，声声遍。

复兴梦，中国愿。匡社稷，雄图展。望遥空浩海，甲坚长箭。镇恶除妖凭利剑，金瓯一统圆心盼。吞鲸浪，越万里沧波，添新卷。

2023 年 10 月 1 日

喝火令·登高

远寂登高怕，风凉入骨侵。看霜枫染醉如今。秋到正浓时节，意绪逸难禁。

旧梦依稀在，飞鸿万里任。叹轮回逝岁无音。纵也霞丹，纵也霭沉沉。纵也晓风明月，还念本初心。

2022 年 10 月 7 日

南乡子・寒露

润雨暗敲窗，桐叶萧疏落地黄。篱菊幽香含泣露，微凉，雁影归空天际茫。

遥夜逸思长，还忆残荷六月芳。客梦如尘随逝岁，忧惶，且醉秋光伴夕阳。

2022 年 10 月 8 日

（本作发表在 2022 年 11 月 11 日《诗词》报官网《当代诗人・胡欣育诗词专辑》）

江城子・忆诗词启蒙老师薛汉贤[①]先生

低眉牍案忆斑斓。韵歌篇，律词填。发黄辑佚，手卷叹师贤。顿挫抑扬依粤调，平仄句，字敲研。

① 作者诗词写作启蒙老师（已辞世），大学三年级（上）《当代近体诗写作》选修课老师，教学生用广州话九个调辨别字平仄很有特色，记忆尤深。

幽幽如梦昨浮前。忽经年，聚庭轩。赋诗唱对，尽显雅风翩。泪目先生今作古，渺万里，念思绵。

2022 年 11 月 11 日

水调歌头·谒黄帝陵颂歌

华夏肇先祖，上越五千年。神州龙脉承平，圣德自轩辕。裔胄延绵福泽，九域祥云腾驾，紫气接云天。今谒帝陵祭，慷慨邈思牵。

拓八荒，振纲纪，旷无前。指南车造，夔鼓[1]威震挽横澜。盟缔神农共治，武略文韬堪颂，亘古乃奇篇。赫赫功垂世，四海万邦传。

2022 年 11 月 20 日

破阵子·赴考

夙夜挑灯磨剑，十年面壁今征。浩卷里青春逐梦，振翅鲲鹏向逆迎。沙场夏点兵。

① 夔鼓（kuí gǔ），是指战鼓。

落笔如神飞快，胸中墨水盆顷。横扫千军登虎榜，试展锋芒争第名，攀峰更一层。

2023 年 6 月 7 日

如梦令·芒种

春去花红还纵，雨后暖风相送。布谷破晴空，沃野庶民耕弄。芒种，芒种，忙起一田心梦。

2023 年 6 月 6 日

（本作发表在 2023 年 6 月 6 日羊城诗社公众号“2023 芒种专刊”）

河传·夏夜

其一

三伏，蒸浴。院庭风沐，蒲扇摇摇。悄然清独，抬望耿耿银霄，叹繁星递迢。

微凉暑夜寻闲约，登绮阁，入耳笙箫陌。几番心结，相看髻髻青螺，弄吟哦。

其二

三伏，藏屋。院庭风沐，蒲扇摇摇。悄然清独，抬望耿耿银霄，看繁星递迢。

炎天暑夜寻闲乐，来浅酌，细数流萤烁。热情如夏，幽趣点滴如歌，胜吟哦。

2023 年 7 月 26 日

减字木兰花·泛舟吟

青篙点水，独渡横舟随浪起。寄与飘蓬，纵任天涯几盼同。

相逢如面，应识清风无恨晚。且托鸥盟，逆雨无晴一笑轻。

2023 年 7 月 30 日

鹧鸪天·咏荷

吐笑桃红摇玉姿，湖光著色影参差。撑天擎盖晴波水，澹澹幽芳风送迟。

花朵朵，舞清晖。烈炎犹守淖中池。出身泥濯持高洁，纵抱残凋待放枝。

2023 年 8 月 6 日

水龙吟·房山图赋①

蓟城千里霞云，拱成（辰）周口燕山月。蒲洼十渡，长扬（阳）河北，驶（史）家营切。南窖飞莺，青龙荡漾，琉璃河咽。石楼西潞外，大安新镇，东风劲，新程发。

最看阎村起崛，越长沟、张坊腾达。城关斗（窦）店，良乡雄并，弄潮扬楫。大石窝新，韩村河秀，隆兴乘热。幸希声佛子，推敲无止，抱金长捷。

2023 年 8 月 10 日

水调歌头·高州荔枝红

赩炽②染层嶂，入夏缀高枝。丹珠夺色霞云，吐彩映斜晖。正念罗浮苏子，日啖鲜佳三百，千古美名滋。长想玉环女，或品在瑶池？

中华红，高州荔，树离离。关山一骑，遥遥尘故忆依稀。历数君王事事，终伴沧波去去，妃子笑成诗。南国天骄果，话旧屡斟杯。

2023 年 8 月 12 日

---

① 将北京市房山区 23 个所属乡镇、街道名字嵌入本词。

② 赩炽（xì chì），形容光彩赤红如火。

武陵春·元夜

月罩轻纱花弄影，烟柳欲开眉。瑞日良宵来几时，彩焰入云霓。

好个鱼龙箫鼓闹，喧语伴星迟。但得清欢载笑归，醉乐一盅杯。

2024年2月24日农历正月十五日

相见欢·春行

醺风织雨罗绸，逗芳洲，何奈匆匆来去寄横舟。

君行早，百花笑，鸟啁啾。自是春光无负一端瓯。

2024年2月20日

人月圆·甲辰新春粤港诗会联谊雅集

羊城春早弦歌绕，粤港庆诗联。轻吟浅唱，宫商角徵，丝竹和鸾。

珠玑音翰，情牵湾海，高接云天。新声古韵，洋洋风雅，共醉红棉。

2024年3月2日

望海潮·广州颂

天南形胜，番禺故郡，羊城自古繁华。珠水白云，新晖越秀，枝湾唱晚丹霞。浓翠亘横沙。伏涛接鲸浪，帆尽穷涯。四序同春，赏岚汀锦绣芳花。

沧桑独树琼葩。忆风霜百世，正道欹斜。烽火举旗，黄花皓月，潮头逆越驱遐。豪俊拔龙牙。溅洒殷殷血，千载荣嘉。绘就澄明画卷，赓续驾骝骅①。

2024年3月28日

苏幕遮·端阳祭屈子

粽飘香，青箬叶。雪浪飞翻，轻洒雄黄忽。锣鼓喧阗龙舸发。千里追魂，共此怀忠烈。

祭灵均，思正节。楚水江涛，日夜倾如咽。一曲离骚听滴血。奋棹钩沉，脉脉初心结。

2024年6月10日

①骝骅（liú huá）：指骏马。

第三部分　诗歌评论

论许浑诗歌“气”的艺术表现

摘　要：许浑是晚唐一位优秀而颇受争议的诗人，不少诗家从“气体”角度研究许浑诗歌，其中不乏以“气格卑弱”“气未深厚”加以评价，这实属不当。许浑诗歌无处不充满“气”，包含作者的人格情志之“气”、声律的抑扬顿挫之“气”、结构的整密严谨之“气”、辞句的工整精切之“气”。

主题词：气体；气韵；气势

许浑（约791—约858），字用晦，因曾家于京口（今江苏镇江）丁卯涧，遂以“丁卯”名其集，世称“许丁卯”，又曾任郢州刺史，故也称“许郢州”。其诗长于律诗，多登临怀古和寄情山水之作，既以文辞工丽、属对精切、格律整密著称于世，又是晚唐在诗坛最受褒贬、最有争议的一位作家。历代以来，不少诗家从“气体”角度对其诗进行研究和评价，其中不乏以许诗“气未卑弱”加以指责的诟病派。清李重华《贞一斋诗说》：“许丁卯格甚凝练，气未深厚。”清黄子云《野鸿诗的》指出许诗“专以字句取媚，而气体日趋卑弱”。这些可谓对许诗“气体”持批评态度的极具代表性的意见。而明许学夷《诗源辨体》指出：“晚唐诸子体格虽卑，然亦是一种精神所注。浑五七言工巧衬贴，便是其精神所注也。”郑杰于明弘治年间作《丁卯集序》更称许浑诗“诚盛唐之气象，诗家之法程”“体制严厉，笔力精神”。清吴乔《围炉诗话》称“许浑诗有力量”，贺裳《载酒园诗话又编》称其诗“在晚唐亦为振拔”，陈文述《书许丁卯诗话》称其诗“神清骨秀，色韵尤胜”，薛雪《一瓢诗话》称其诗“思正气清，诗中君子”。上面种种便是对许诗“气体”最典型的褒赞意见。

诚然，称赞许诗为“盛唐气象”，未免有“有意拔高”之嫌，但把许诗贬为“日趋卑弱”，也实在不当。细读许浑诗歌，不禁为其深沉厚重的咏史诗、清奇秀丽的山水诗、工整丽密的章法结构、抑扬顿挫的声律气韵深深感染，这难道不是许诗“气体”在“流动”吗？许诗读起来为什么气韵流动？这不能不说是“气体”使然。钱仲联先生曾指出：“至于丁卯之诗，虽非李唐之珪璋，然赡丽精严，有骨有韵，于晚唐风会中特为振拔”[1]。所谓“有骨有韵”“特别振拔”就是对许浑诗歌“气体”最为中肯的评价。细究许诗，其“气”主要体现在作者的人格情志之“气”，声律的抑扬顿挫之“气”、结构的整密严谨之“气”、辞句的工整精切之“气”，等等。

一、人格情志之“气”

“气以实志，志以定言。吐纳英华，莫非性情。”[2]它指的是人的精神、品格决定了文章风格。许浑生活在动荡不安的晚唐，在一个“有志之士虚负凌云之才，一生襟抱难开”的时代，皇权频迭，政局动荡，宦官倾轧，藩镇割据，边疆进犯，科举的糜烂，吏治的腐败，使人们被现实重重黑暗包围着、压抑着，“他们不但不可能像盛唐士子一样充满自信，狂放淋漓；也不可能像中唐士子一样投入统治集团的自救，期望中兴。报国无门，万念俱灰，使晚唐士子倍感抑郁和苦闷”[3]，心高志洁的许浑在江湖和魏阙之间痛苦徘徊着：为了经世济国、建功立业，他积极入世、志气高昂、忧国忧民；为了远祸全身、保全生命，他退隐江湖、啸傲山林。“文如其人”，富于真性情的许浑，在他的诗歌里处处闪烁人格情志之气。

许浑为高宗朝宰相许圉师之后，自其先祖许自明起，虽家道中落，无出将入相者，但他始终追求着“戴冠儒”而“事素王”，希望能建功立业。在《早发寿安次永济渡》中，他就坦率地称：“会待功名就，扁舟寄此身。”这可说是许浑一生孜孜追求的理想人格模式——建功立业与退隐江湖。许浑在人们的心目中不仅仅是一位心乐林泉、高蹈遁世之士，更是一位孤高独立、感激奋发、爱恨分明、胸怀经世济民之志的勇士。为了摆脱生计的困顿，他希望展开理想的翅膀，在青云中“平步”和翱翔，但正直的人格使他处世严分清浊，不肯屈己从人，更不愿与污恶合污。在《谢人赠鞭》中，他感激蜀国名鞭，满怀壮志地表示：“莫言三尺长无用，百万军中要指挥！”这就是怀抱经世之志、求士之心、渴望“入世”的许浑豪气冲天的铮铮誓言！宪宗元和削藩战果全部丧失殆尽，面对急转直下的国事，年轻的许浑心急如焚，《闻两河用兵因贻友人》中云：“故人日已远，身世与谁论。性拙难趋势，心孤易感恩。秋悲怜宋玉，夜舞笑刘琨。徒有干时策，青山尚掩门。”诗中真切抒发了诗人志欲用世，却报国无门的深切哀怨。这也让我们看到了一位孤高独立、感激奋发、颇具个性的许浑。黑暗的现实决定着无门荫可庇的许浑科举之路必定是坎坷的。二十岁初登科场，怀抱“还同长卿志，题字满河桥”(《秋日行次关西》)的激昂和“长剑高歌换素衣，君恩未报不言归”(《赠河东虞押衙》，的决心，饱饮了“落第泣秦京”(《题愁》) 的泪水后，前后经历了二十余年，直至大和六年方一试及第，年届五十岁才得除宣州当涂尉，此时可说是“一尉沧州已白头”(《陪宣城大夫崔公泛后池兼北楼宴二首》) 了。儿小妇贫，物质匮乏，生计困顿，迫使许浑追求科名，社会的黑暗，官场的腐败，曾使许浑尝尽心酸、痛苦抑郁，但仕进的曲折没有泯灭许浑的自信。“应学相如志，终须驷马回”(《将赴京师，题孙处士山居二首》)，“老信相如渴，贫忧曼倩饥”(《早秋三首》其二)，“已作相如投赋计，还凭殷浩寄书回”(《江上逢友人》)，诗人处处闪烁着深厚的“相如”情结，以相如成功的经历寄托慰藉，以对自身才能和前途的高度自信。面对“甘露之变”，诗人感愤作了《甘露寺感事贻同志》：“云蔽长安路更赊，独随渔艇老天涯。青山尽早寻黄绢，沧海经年梦绛纱。雪愤有期心自壮，报恩无处发先华。东堂旧侣勤书剑，同出膺门是一家。”全诗伤江湖之流落，愤宦官之凶残，痛报国之无门，哀年华之虚逝。激昂愤懑的情感中，凸显出诗人决心与邪恶势力坚决斗争到底的正直人格。

纵观用晦的诗歌，不难发现：不论经世济国，还是退隐山林，不论是对君王的劝谕，还是送别友人时的励志，不论是对历代王朝的感叹，还是自己生存命运的思考，诗人内心深处无法泯灭的是深沉的家国情怀，一种深沉的“忧国、忧君、忧民”的爱国情感。这就显得何其大气！《金陵怀古》中云：“玉树歌残王气终，景阳兵合戍楼空。松楸远近千官冢，禾黍高低六代宫。”晚唐时期，国事无望，士人们仍试图挽救国家于颠覆危亡之中，于是，纷纷以古刺今，警戒统治者莫走覆亡的老路。用晦此诗颇为警醒，他告诫统治者，如果还像陈后主等六朝统治者那样醉生梦死，不思进取，不念民生，将会重蹈六朝的覆辙，那松楸满坡的坟墓，那禾黍离离的六朝故宫就是血的见证！《汴河亭》中：“四海义师归有道，迷楼还似景阳楼”，言隋炀帝像陈后主一样荒淫失国，人民不堪其奴役，而归顺于得道者，即李唐王朝。可李唐王朝如今并不珍惜这得之不易的江山和民心，而在走向重蹈陈朝覆辙的老路。《咸阳西门城楼晚眺》：“一上高城万里愁，蒹葭杨柳似汀洲。溪云初起日沉阁，山雨欲来风满楼。鸟下绿芜秦苑夕，蝉鸣黄叶汉宫秋。行人莫问当年事，故国东来渭水流。”此诗已超出了一己之不遇，诗人在面对自然山河与历史遗迹时，更多抒发的是对历史时空及世事沉浮的感喟悲悼，透射出作者对时势的焦虑。《汉水伤稼》：“西北楼开四望通，残霞成绮月悬弓。江村夜涨浮天水，泽国秋生动地风。高下绿苗千顷尽，新陈红粟万箱空。才微分薄忧何益，却欲回心学钓翁。”泛滥的汉水给当地百姓的生活带来了恶劣的影响，诗人对此忧心忡忡。写唐朝与回纥之战的《吴门送振武李从事》：“晚促离筵醉玉缸，伊州一曲泪双双。欲携刀笔从新幕，更宿烟霞别旧窗。胡马近秋侵紫塞，吴帆乘月下清江。嫖姚若使传书檄，坐筑三城看受降。”诗人设宴为即将奔赴唐朝与回纥战场的李从事送行，遥祝他勇猛杀敌，为国立功，并且设想自己的国家能够在受降城内接受回纥的投降，诗人对边塞安危密切的关注，对于国家深切的热爱之情跃然纸上。诗人除了劝谕君王、关注边境战事、心系国家安危之外，对那些参加战争的普通士兵，也寄予了关注与同情。例如《征西旧卒》：“少年乘勇气，百战过乌孙。力尽边城难，功加上将恩。晓风听戍角，残月倚营门。自说轻生处，金疮有旧痕。”写的是一位士兵，从少年起保家卫国，身经百战，“过乌孙”、平“边难”，结果是功归上将，自己在晓风残月之中，倚营门而听戍角。幸存的立功战士不但没有获得赏赐，反而遭受冷落，反映出战祸频繁、边将贪婪带给士兵的痛苦，诗人对他充满了同情。

中国士大夫阶层有一共通的特点：一登上政治舞台，就注入了孔子的“士志于道”的理想主义精神，“士当以道自命”，这种特殊的历史使命感和责任感，使得他们对国家、民族、人民有着深切的忧虑和关怀，把对国家社会的关切看作是自己的使命，把民族国家的命运与自己紧密联系在一起。“慨然以天下为己任”也就成了中国历代士子的通识和自觉行为。许浑正是这样一种文人！对国家边境安危的密切关注，对宦官专权的深刻批判，对民生疾苦的关怀等等这些都表明许浑的一颗心紧紧地与国家政事联系在一起，内心装载的是“以苍生为重，以百姓为本”的民本观念和博爱情怀，表现出一股强烈的经世济民的政治抱负。“并志深而笔长，故梗概而多气”[4]，许浑的正直的人格和丰富的内心情志，使其诗气韵倍加充盈。

二、声律的抑扬顿挫之“气”

许浑律诗臻于成熟，创造了别具一格的“丁卯句法”，正是这种句法，使许诗峭拔崛奇，又圆稳平顺，读起来更加抑扬抗坠，气韵流转；也正是这种句法，使许浑留下了“诗律之熟，无如浑者”（清人田雯《古欢堂集·杂著》卷三）的美誉。

所谓“丁卯句法”，即晚唐近体诗创作已臻成熟，用韵颇严，许诗更谙于韵律，粘对得法，平仄合辙，并时作拗体，以击撞波折克服用韵过于圆熟顺滑的弊病，声律拗峭，在拗救的重新和谐中另自成律，从不凌乱下笔。如：《和友人送僧归桂州灵岩寺》这首七律是仄起平收式，颔联的平仄格式本应是：平平仄仄平平仄，仄仄平平仄仄平。现在出句：“碧云千里暮愁合”的第五字“暮”应平而仄，对句“白雪一声春思长”的第三字“一”字应平而仄，于是对句的第五字“春”应仄而平，既救了本句的“一”字，以救了出句的“暮”字。这被称为“双句对救法”或“复合拗救法”，这是“丁卯句法”的创新之一。许诗通常拗第三、五字，他惯用“本句自救法”，将第三、五字平仄互易，或用“本联自救法”，将出句拗的“第几字”，以对句“第几字”相救，这也是“丁卯句法”创新之二。如《南亭夜坐贻开元禅定道者》一诗中的第二联“光阴难驻迹如客，寒暑不惊心似僧”，出句第三字“难”应仄而平，第五字“迹”便应平而仄，对句中第三字“不”应平而仄，而第五字“心”便应仄而平。再如“荆树有花兄弟乐，橘林无实子孙忙”（《题崔处士山居》）一联，出句“有”字当平而仄，对句的第三字“无”字当仄而平救之；“溪云初起日沉阁，山雨欲来风满楼”(《咸阳西门城楼晚眺》）一联，出句第五字“日”当平而仄，对句第五字“风”当仄而平既免本句孤平，又救了出句“日”字。清李重华称之为：“乃拗体中另自成律”。清王士祯《分甘馀话》卷三说：“唐人拗体律诗有两种，其一苍莽历落中自成音节，如杜老‘城尖径仄旌旆愁，独立缥缈之飞楼’诸篇是也；其一出句拗第几字，则偶句亦拗第几字，抑扬抗坠，读之如一片宫商，如许之‘溪云初起日沉阁，山雨欲来风满楼’是也。”许浑创造的拗律是“律体既定以后的变格，对杜甫拗体的继承和发展”[5]，在精严的音节规律面前、在整齐的音节结构中，寻求变化，既可避免律诗熟滑的缺陷，又使诗人的感情跌宕起伏，读起来抑扬抗坠，这不可不说是一种“活化”。“声含宫商，肇自血气”[6]，可想而知，创造性的“丁卯句法”蕴含了诗人多少“血气”！

许浑诗歌还讲究首句入韵，本人从罗时进先生《丁卯集笺证》收集的542首诗做出的统计[7]，其中368首是首句入韵的。许诗首句入韵，大多押同韵，但也不少是押邻韵的。原来律诗首句本可不押韵，特在别盛唐以前，但中晚唐后，首句用邻韵的近体诗，逐渐成了一种风气，到了宋代达到极致。许浑正是晚唐这种诗风的代表。讲求首句入韵，读起来朗朗上口，一气呵成，大大增强了诗歌的气势。

许诗追求“律切”，连对许诗抑扬顿挫颇有微词的刘克庄，也不得不承认“律切丽密过牧”(《后村诗话》)，而且大胆创新，即在精严的音节规律面前，追求变化，写出声律拗峭的诗句，形成别具一格的“丁卯句法”，表现了诗人跌宕起伏的感情，创造了音乐美，增添了无穷的艺术魅力。刘大櫆在

《论文偶记》云："音节高则神气高，音节下则神气必下，故音节为神气之迹。"许浑已创造了拗律音节之"神"，我们还有理由怀疑许浑诗歌的"气"吗？

三、结构的整密严谨之"气"

许浑诗歌讲究起承转合的法则，结构整密，又在严谨的法则中追求变化，达到全篇既周严缜密，通圆无隙，又动荡开合，跌宕起伏，首尾浑成，气势充盈。

许浑讲究起承转合的法则，其律诗精工严密，结构严谨，呈现"严密通圆"之势。"整密若丁卯"（胡震亨《唐音癸签》卷八），许浑诗歌起笔或由眼前之景、身边之事写起，或开门见山、直接入题，中间两联或同时写景或一联景语、一联情语、事语，尾联往往多含深意，暗用议论，带有点题或概括前文的意思，这种"三部式"（或"二部式"）的结构使其诗工整而细密。如《鹤林寺中秋夜玩月》："待月东林月正圆，广庭无树草无烟。中秋云尽出沧海，半夜露寒当碧天。轮影渐移金殿外，镜光犹挂玉楼前。莫辞达曙殷勤望，一堕西岩又隔年。"首联写待月和月之明，切入题，采用侧面烘托手法。颔联补写题中中秋，以别于他月之望。颈联写月西移，尾联写出作者怜惜之情，时光流逝，好景不长。全诗八句极有层次，前后四句均写当天宝月，但前四句写"待"，后四句写"惜"，"待"在未当天前，"惜"在既当天后。五六句采用倒笔法，先写渐移，使人心惊，后写犹挂，使人心慰。这一倒一挂，便觉灵气生动，意味无穷。全诗起承转合，自然流转，先景后情，以情收拢，文章浑然一体，诗歌呈现整密精练的特点。再如《晚自朝台津至韦隐居郊园》：“秋来凫雁下方塘，系马朝台步夕阳。村径绕山松叶晴，野门临水稻花香。云连海气琴书润，风带潮声枕簟凉。西去磻溪犹万里，可能垂白待文王。”此诗第一句“凫雁”“方塘”写秋，第二句“系马朝台”写晚，首联紧紧扣题，引起下联。颔联从村径绕山到柴门临水，由远及近一路写来，松叶满地，稻花袭人，曲尽郊园村居之妙景。颈联进一步写从郊外到室内的景物，琴书因海气而润，枕簟因潮声而凉，继上联意发挥，没有转折，尾联开始两句才转到姜太公垂钓磻溪而遇周文王之事，下句以垂白而待君王的惋惜之情作结。《雷起剑评丁卯集》卷六谈到此诗时云：“通篇精密工致，有韵有情。”还有《故洛城》《题卫将军庙序》等篇均采用这种结构。“严密无缝”的结构特点正体现了许浑对诗歌“义贵通圆”“弥缝莫见其隙”[8]的艺术追求。

许诗在严谨的法则中还追求变化，如采用“逆挽法”(即把本来应该在后面的段落有意倒置在前面的结构安排方法)，形成诗的跌宕变化之势。《咸阳城西楼晚眺》《金陵怀古》即用这种方法。前诗首句“一上高楼万里愁”，惊心入眼，骤响易彻，笼盖全篇。然而这万里乡愁缘何而来呢？诗人在开合纵横的起势中，将具体内容从后面从容写出。原来诗人的愁情不仅来自“蒹葭杨柳似汀洲”的乡思，而且更来自“山雨欲来风满楼”——对晚唐社会危机四伏、风雨飘摇、国势衰落的担忧，来自秦苑汉宫前期盛世不复存在的惋惜。后诗吟咏六朝古都金陵的盛世沧桑，诗的首联却单以隋兵灭陈的史事发端，陈灭则“王气终”。然后再追溯六朝，补写引起六朝更替的人物、人事，“松楸”“禾黍”代表六朝荒芜衰落的冢殿，“石燕”“江豚”象征历史上叱咤风云的人物。这样就突出了陈朝灭亡这一金陵盛衰的转折点及蕴含的历史教训。所以清人黄叔灿《唐诗笺注》卷六云：“此诗叹陈后主为南朝之终，追溯六朝，立局亦妙。”不难看出，运用这因果倒置的“逆挽法”来谋篇布局，化板滞为跳脱，扩大了诗歌的意蕴容量，增强了情感张力。

四、辞句的工整精切之“气”

许浑的对偶，最为人称道。“开成以降，则有杜牧之豪纵，温飞卿之绮靡，许用晦之对偶”（《唐诗品汇·总叙》），“许浑、李商隐对偶精密”（《唐诗品汇·五律叙目》），许浑的对偶与杜牧、温庭筠、李商隐一并被称为晚唐文学的优秀作品。精切工稳的对偶，使许诗整齐匀称、语音和谐、意义隽永，读之上口，诵之易记，气势浑成。

许浑诗歌的对偶极为严格，力求词类的严格对称，工切整练且隐然含情。如：“碧云千里暮愁合，白雪一声春思长”（《和友人送僧归桂州灵岩寺》），上联对句“碧云”对“白雪”，都是自然气候类，而“碧”与“白”为颜色对；“千里”对“一声”，为数量对；“暮愁”对“春思”，“暮”与“春”皆时令，“愁”与“思”皆人情；“合”对“长”，皆形容词，整联无一字不对，整练工切，两对句有声有色，表达了依依惜别之情。再如：“山径晓云收猎网，水门凉月挂渔竿”（《村舍二首》），“山”对“水”，“径”对“门”，“云”对“月”，“猎网”对“渔竿”，皆为名词对；“晓”对“凉”，为形容词对；“收”对“挂”，动词对，这不仅工整匀称，而且刻画景物异常生动，俨然是一幅淡远闲适的村居远趣图，读之韵味绵长。这样的对句还有许多，如“龙归晓洞云犹湿，麝过春山草自香”(《题崔处士山居》)，“风随玉辇笙歌迥，云卷珠帘剑佩高”(《骊山》）等都是。史事、人名、宫室、地名、饮食、方位、文事、干支、山水、花木等，无不在许诗中成对，实字、虚字、联绵字、叠字、双声、叠韵也无不成对。如地名对：“晓月下黔峡，秋风归敬亭”(《送僧归敬亭山寺》)、“山昏函谷雨，木落洞庭波”(《送前缑氏韦明府南游》)；史事对：“汉业未兴王霸在，秦军才散鲁连归”(《题卫将军庙》)；山水对：“水声东去市朝变，山势北来宫殿高”(《故洛城》)；天文对：“星河半落岩前寺，云雾初开岭上关”(《早发天台中岩寺度关岭次天姥岑》)；数量对：“一声溪鸟暗云散，万片野花流水香”(《沧浪峡》)；色彩对：“雨中耕白水，云外斸青山”(《王居士》)；花木对：“芰荷风起客堂静，松桂月高僧院深”(《寓居开元精舍酬薛秀才见贻》)。[9] 许诗的对偶，分为正对、反对、当句对、流水对、借对等，形式多样。正对如：“雨中耕白水，云外斸青山”(《王居士》)、“两岩花落夜风急、一径草荒春雨多”(《郑秀才东归凭达家书》)。反对如：“绿桑非苑树，青草是宫莎”(《广陵道中》)、“山路有云收猎网，水亭无月挂渔竿”(《村舍二首》）等。当句对如“红虾青鲫紫芹脆”(《沧浪峡》)、“暖溪寒井碧岩前”(《和河南杨少尹奉陪薛司空石笋诗》)。流水对如：“暂移罗绮见山色，才驻管弦闻水声”(《将归姑熟南楼饯送前李明府》)、“何人更结王生袜，此客虚弹贡氏冠”

(《灞上逢元九处士东归》)。除了正反对外，还巧用借对（主要是颜色的借对），有词义借对，也有谐音借对。词义的借对，如“乌龙山”对“白雁潭”，“黄公庙”对“白帝祠”，“黄鹤岭”对“碧鸡山”(颜色并非真实色彩)；谐音的借对，如：“素手怨瑶瑟，清心悲玉壶”(《寓怀》)，其中的“清”为颜色“青”的谐音，从而与“素”(素，白色也）形成颜色上的对仗；“青嶂远分从地断，洪流高泻自天来”(《晚登龙门驿楼》)、“青山尽日寻黄绢，沧海经年梦绛纱”(《甘露寺感事贻同志》)、“皇纲一日开冤气，青史千年重壮心”(《送武全通处士归章洪山》）等，其中的“洪”为“红”、“沧”为“苍”、“皇”为“黄”的借对，这种颜色的谐音借对在许诗中多达二十余处。许浑“工切”“工而能化”的对偶运用，使诗歌音节整齐匀称，节律感强，感情一贯而下，读之一气浑成，诵之和顺爽口，大大增强了诗歌的艺术表现力度，并非方回所说：“才得一句，便拿捉一句为联，无自然真味”(《瀛奎律髓》第520页)。“句工气浑”(谢榛《四溟诗话》卷四)，许浑“对皆工切，语皆衬贴”的对偶运用，同样增添了诗歌无尽的气韵含量。

许浑诗歌的对偶还有一个鲜明的特点，即常采用数字与数字的对仗，其中“一”与“千”、“一”与“万”、“千”与“万”用得最多，共有44处。如：

①白首书千卷，朱颜酒一杯。(《南亭偶题》)

②一尊酒尽青山暮，千里书回碧树秋。(《京口闲居寄两都亲友》)

③寒云晓散千峰雪，暖雨晴开一径花。(《赠郑处士》)

④一身仍白发，万虑只丹心。(《病中二首》)

⑤一声山鸟曙云外，万点水萤秋草中。(《自楞伽寺晨起泛舟道中有怀》)

⑥井转辘轳千树晓，锁开阊阖万山秋。(《秋日候朝》)

这种对比，形成强烈的反差，创造了宏阔的意境，增强了诗歌的情感意蕴，构成浩大的气势，读进来一气呵成，读而后快。

此外，许诗的“大气”还表现在强烈的时空意识和情与理的哲学思考，诗人给予历史深刻反思和现实关照时，历史时空和现实时空相互交融渗透，时间绵长、空间阔大，诗人并将丰富的内心情感与理性的哲理交相融合，创造了苍凉、悲慨的意境，增添了十分的深沉感和厚重感，极大地丰富了诗歌的审美内涵，给人带来无尽的艺术享受。这在咏史诗表现尤为突出，如前述的《咸阳城西楼晚眺》《金陵怀古》《故洛城》等诸篇即是，在此不再赘述。

身处晚唐的许浑，受元白诗风的影响，其诗难免带有“浅白、通俗”的特点，再加上衰落的晚唐，文人志士不可能对社会抱以太多的功利追求，因而诗歌只好转向对格律形式的追求，因此也写不出盛唐时期王昌龄“但使龙城飞将在，不教胡马度阴山”般大气的诗句[10]，但正如《唐才子传》所云：“浑乐林泉，亦慷慨悲歌之士，登高怀古，已见壮心。故为格调豪丽，犹强弩初张，牙浅弦急，俱无留意耳。至今慕者极多，家家自谓得骊龙之照夜也。”诗人“大而能感慨”(陈维崧《钞唐人七言律竟，辄数断句楮尾》)的气度，以独特的诗格和情志加以表现，使其诗歌显得格外有“振拔”之气，其诗难怪乎留下“思正气清”、“许浑诗歌有力量”的美赞！

参考文献：

[1] 罗时进 . 晚唐诗歌格局中的许浑创作论（序）[M]. 西安：太白文艺出版社，1998.

[2] 刘勰 . 文心雕龙 · 体性 [M].

[3][5][9] 罗时进 . 唐诗演进论 [M]. 南京：江苏古籍出版社，2001.

[4] 刘勰 . 文心雕龙 · 时序 [M].

[6] 刘勰 . 文心雕龙 · 声律 [M].

[7] 罗时进 . 丁卯集笺证 [M]. 南昌：江西人民出版社，1998.

[8] 刘勰 . 文心雕龙 · 论说 [M].

[10] 李梅，沈黎江 . 论许浑诗三题 [J]. 吉昌学院学报，2006,（1）.

（本文刊载在《理论月刊》2008 年第 5 期）

黄遵宪诗中的客家民俗文化探析

摘　要：享誉“诗界革命”旗手、客家文化研究的“开山之人”的客家诗人黄遵宪，本文对其所著《己亥杂诗》涉及的客家历史源流，客家女性文化、客家宗教信仰、客家宗族文化、客家华侨、客家山歌等领域进行浅述探讨。

主题词：黄遵宪；客家；民俗文化

在更多人心目中，黄遵宪是一位“诗界革命”的旗手、杰出的外交家、“戊戌变法”的中坚。然而，他在客家文化研究中所做的贡献及对后世的影响，是不能为我们所忽视的。有人认为，黄遵宪称得上是客家文化研究的“开山之人”。这一说法虽然较为新鲜，但不无道理。黄遵宪（1848—1905），字公度，广东嘉应州人，曾历任驻日使馆参赞，驻英使馆参赞，新加坡总领事，美国旧金山总领事。在中国封建社会末期，他在政治、诗歌和学术的领域，能顺应时代的变革，做出巨大贡献。戊戌变法中，他险遭不测，后回归乡里。次年，他在故土乡情中写下了《己亥杂诗》89 首，其中 13 首描绘客家风情，涉及客家历史源流，客家女性文化、客家华侨、客家山歌等多个领域，涵盖了客家研究的主要领域。现将其主要研究内容述说如下：

一、客家历史源流

黄遵宪对客家历史源流早有探究，尤其是他的“嘉应客家元代形成”说，对后人研究客家历史影响颇深。

诗云：“中原有旧族，迁徙名客人。过江入八闽，展转来海滨。俭啬唐魏风，盖由三代民。就中妇女劳，尤见风俗纯。鸡鸣起汲水，日落犹负薪。盛妆始脂粉，常饰惟基巾。”黄遵宪这段诗句，极其简要地道明客人的由来、风俗乃及客家妇女最突出特点。另一首：“筚路桃弧展转迁，南来远过一千年。方言足证中原韵，礼俗犹留三代前。”该诗自注云：“客人来州，多在元时，本河南人。五代时，有九族随王审知入闽，后散居八闽。今之州人，皆由宁化县之石壁分迁来，颇有唐魏俭啬之风，礼俗多存古意，世守乡音不改，故土人别之客人。方言多古语，尤多古音。陈兰圃先生云：证之周德清中原音韵，多相符合。大埔林海岩太守则谓客人者，中原之旧族，三代之遗民，殆不诬也。”黄遵宪的这首诗及其“自注”被广泛引用，它说明了客家人是来自中原的南迁汉人。福建宁化的石壁，是客家人南迁中最重要的中转站。它还说明了客家人南来的时间，历史悠久，已远过千年，他们在悠长的历史过程中仍然“世守乡音”，即是“宁卖祖宗田，不卖祖宗言”的历史事实，还说明了客家人勤俭朴素的优良美德，继承了中原的传统文化。

还有一首：“野外团焦岭上田，也传三十子孙千。元时古墓明朝屋，上覆榕阴六百年。”黄遵宪在自注中谈客家人迁邑时说：“从宁化来者，皆传二十余也。溯其始基，知为元时矣。孙枝蕃衍，多者数千人，少亦千人。入明以来，坟墓也守无失，元时墓存一二而已，明时筑室，亦有存者。”这是对客家人在艰苦环境落地生根、繁衍发展的礼赞。

二、客家女性文化

黄诗下的客家女性，涵盖了客家女性美德、爱情、婚姻、家庭等多方面内容。黄遵宪极其赞美客家妇女勤劳俭朴、善良慈爱、保持天足的种种美德，充分肯定客家青年女子对爱情的追求，描述了客家女性和谐、愉快的家庭关系，同时也表达了他对童养媳等陋俗的蔑视。

1. 客家女性美德

（1）贤劳勤俭

诗云：“世守先姑《德象》篇，人多《列女传》中贤。若倡男女同权论，合授周婆制礼权。”自注：“妇女皆勤俭，世家巨室，亦无不操，井臼，议酒食，亲缝纫者，中人之家，则无役不从，甚至务农、业商、持家、教书，一切与男子等。盖客人家法，世传如此。五部洲中，最为贤劳矣。”公度还强调：“（客家）妇女之贤劳，竟为天下各种类之所未有。大抵曳靸履，戴义髻，操作等男子。其下焉者，蓬头赤足，帕手裙身，挑者、负者、提而挈者，阗溢于廛肆之间，田野之中……无论为人女、为人妇、为人母、为人太母，操作亦与少幼等……吾行天下者多矣，五部洲游其四，行省历九，未见其有妇女劳苦如此者。”可见，在黄遵宪的眼中，客家妇女是最勤劳、贤惠、最富有美德的妇女。“鸡鸣起汲水，日落犹负薪”，远远超出古人“日出而作，日落而息”的描述。而且，贫家女子是如此，富家女子亦如是：“汝我张黄家，颇亦家不贫。上溯及太母，劬劳无不亲。”“靡密计米盐，辛勤种瓜壶。”青壮妇女如是，古稀之年的妇女也如是，诗人那76岁的太婆，亲自挑起养育曾孙的担子。“亲手裁绫罗，为儿制衣裳。糖霜和面雪，为儿做餦餭。发乱为梳头，脚腻为暖汤。”这样的活儿，在黄遵宪这等中上人家，本是乳娘婢女的事，而年迈的太婆却一一包下。“太婆每出入，笼东拄一杖，后来杖挂壁，时见垂帷帐。”拄杖出入，不息劳作，一直坚持到老病卧床不起，这样勤劳能干、至死方休的妇女！难怪诗人赞美道：“太母持门户，人言胜丈夫。”

（2）保持天足

黄遵宪极其赞扬客家妇自然朴素的装束打扮，对她们保持天足——大脚板倍加赞赏，并加以提倡。光绪二十四（1898年），他为官湖南时曾下令废止缠足，他列举了缠足的七大罪状：废天理、伤人伦、削人权、害家事、损生命、败风俗、戕种族，使女子“毕生强付尸居，四万万人，半成无用之物”，而且缠足成为国际笑话。他颁布法令，“嗣后如有官民妇女因缠足致死卑幼及白契女婢”者，处以死刑。在天足上，表现公度先生学习西方文化、革除陋习的思想。《己亥杂诗》云：“窅娘侧足跛行苦，楚国纤腰多饿死。说向妆台供媚妾，人人含笑看犁涡。”自注：“有耶稣教士语余，西人束腰，华人缠足，惟州人无此弊，于世界女人，最完全无憾云。”公度极其赞美客家女子的“天足”：“指船大如许，伸脚笑欲颠”“半是赤足仙”“赤足足奔忙”——并无半点江南女子“婷婷复袅袅，纤步殊可怜”的娇态。

（3）慈爱善良

客家女性的慈爱善良充分体现在客家妇女敬上爱下、从不歧视妇女上。如太婆对小曾孙的关怀：“太婆向母怀，伸手抱儿去，从此不离开，一日百摩抚。”“三岁甫学步，送儿去学堂。知儿故畏怯，戒师莫严庄。将出牵衣送，夫归踦闾望。问讯日百回，赤足足奔忙。”下辈对上辈的敬重体贴，则以黄遵宪的母亲为典型。太婆老弱卧病，她日日侍奉饭食，夜夜按摩抓挠：“展转千挞腰，殷殷春雷响”“奉匜为盥洗”“欲羹娘进匕”。多么细致、体贴入微的贤孙媳！

其实，当时社会男尊女卑观念极端严重。但黄遵宪注意到客家妇女却没有这种鄙视妇女的恶习。“母在婆最怜，刻不离左右”“因裙便惜带，将缣难比素”，这是太母偏爱孙媳妇。“阿母性慈爱，爱汝如珍珠。一日三摩挲，未尝离须臾。”这是母亲对女儿的疼爱。母亲还亲自为女儿缝制嫁衣：“行行手中线，离离五色丝。一丝一泪痕，线短力既疲。”这都反映客家妇女善良慈爱的一面。

2. 客家女性的爱情与婚姻

黄遵宪还赞美客家妇女感情真挚朴素。黄诗下的客家妇女，大都无视封建宗教的束缚，敢于率直痴情地追求爱情与婚姻的幸福。“人人要结后生缘，侬只今生结目前。一十二时不离别，郎行郎坐总随肩。”客家妇女一反封建礼教，毫不掩饰地表达内心的感受。“第一香橼第二莲，第三槟榔个个圆，第四夫容五枣子，送郎都要得郎怜。”这更率直迫切呼唤丈夫疼爱自己。“催人出门鸡乱啼，送人离别水东西。挽水西流想无法，从今不养五更鸡。”客家人多住偏僻山区，但男子谋生各抱四方之志。近代海禁打开后，许多客家男子远涉南洋，少则几年，多则半世，始一归家。这便给客家妇女带来极大的精神痛苦。这首诗便写了客家妇女无计挽回丈夫的离别，就怨恨这催离的无情鸡。“送郎送到半角山，隔山不见侬自还，今朝行过记侬恨，牛角依然弯复弯。”一个忠实于爱情，痛苦于相思，哀婉于怨望的思女形象展现在我们眼前。

然而，黄遵宪对客家地区婚嫁风俗的描写却别有一番情趣。“一家女儿做新娘，十家女儿看镜光。”这是一幅迎娶送嫁图：过去新娘坐的彩轿，两边窗口均镶上镜或玻璃，行人皆从镜里看新娘。“香糯霏屑软于绵，纤手搓来个个圆；玉碗金瓯分送后，大家齐结好姻缘。”这是客家的婚嫁风俗，新媳妇过门第二日，要亲煮糯米汤圆，加上素巾一幅线一缕分送亲戚，取齐结姻缘之意。

此外，黄遵宪还极其关注旧婚姻制度下的牺牲品——客家童养媳的习俗。《己亥杂诗》云：“反哺难期妇乳姑，系缨竟占女从夫。双双锦褓鸳鸯小，绝好朱陈嫁娶图。”自注：“多童养媳，有弥月即抱去，食其姑乳者。”《嘉应州志》：“州俗婚嫁最早，有生仅匝月即抱养过门者，故童养媳为多。”黄遵宪还有《山歌》云：“嫁郎已嫁十三年，今日梳头侬自怜。记得初来同食乳，同在阿婆怀里眠。”这都叙说童养媳自幼与郎“在襁褓中朝夕相伴”的情景，同时，也表现了黄遵宪对这种不合理的婚姻制度深深地审视和含蓄的批判。

3. 客家女性的家庭关系

尽管客家妇女有一部分，因丈夫远渡重洋，过着孤苦、凄清、相思的日子，但大多客家妇女的家庭关系是和谐、轻松、愉快的，这体现了客家地区敬老爱幼、互相尊重和睦相处的家庭伦常。正如前面所讲，上辈对下辈：“太婆向母怀，伸手抱儿去。从此不离开，一日百摩抚”，太婆对小曾孙多么疼爱和关怀！下辈对上辈：“展转千捶腰，殷殷春雷响”“奉匜为盥洗”，照顾得细致入微。平辈之间，《山歌》云：“阿嫂笑郎学精灵，阿姊笑侬假惺惺。笑时定要和郎赌，谁不脸红谁算赢。”姑嫂姊妹相处得何等亲密、融洽、和谐！在黄遵宪的眼中，女性除了慈爱善良外，她们的家庭关系和谐、愉快，更令人刮目。

三、客家宗教信仰

宗教信仰是客家地区非常流行的习俗。客家人崇拜胎神，信仰祖宗神，相信风水，甚至连士大夫阶层读的书籍都充满宗教色彩。

1. 信教（佛道儒三教）

黄遵宪在《已亥杂诗》云：“化灯挂壁祝添丁，吉梦征兰笑语馨。日问神游到何处，佛前别供《处胎经》。”自注：“日者言胎有神，某日在门，在碓磨，在厨灶，在仓库，在房床，在厕，在炉，在鸡栖，如兴工作犯其神，则坠胎，或胎残缺，世皆遵信之。”客人崇拜胎神，《处胎经》出于佛教经典，但在客家地区已被道教化、世俗化。不仅平民如此，士大夫的经籍也浸透了宗教气息。《己亥杂诗》云：“秀孝都居弟子行，人人《阴骘》诵文昌。迩来《云笈》传抄贵，更写鸾经拜玉皇。”这说文人书声琅琅，所读的都是宗教典籍，似乎除此之外，他们还不知还有文字。据说，《阴骘》本为道家名目，后附以儒家仁孝、释氏因果之说，士大夫都相信。在客家地区，无论是平民还是知识分子，都崇迷宗教，佛道儒三教混杂，三教合一。

2. 扫墓拜祖

客家扫墓的确特别：“前行张罗伞，后行鸣鼓箫。猪鸡与花果，一一分肩挑。爆竹响墓背，墓前纸钱烧。手捧纸泥封，云是夫人诰。子孙共罗拜，焚香向神告。”扫墓队伍前张罗伞，后鸣箫鼓，热闹非凡；祭品有鸡、鸭、鱼、猪、瓜果，一一分开，挑往墓前，然后烧纸、鸣炮，十分隆重。儿孙们整整齐齐依队跪拜，“大父在前跪，诸孙跪在后，森森排竹笋，依依伏杨柳”，庄严肃穆，场面壮观。《己亥杂诗》还云：“螺壳漫山纸蝶飞，携雏扶老语依依。红罗散影铜箫响，知是谁家扫墓归。”扫墓与津津有味的田螺享受结合起来，是客家宗教世俗化的又一特色。

3. 占卜

《己亥杂诗》写道：“枯骨如龟识吉凶，狐埋鸠占不相容。一年讼牒如山积，为不疑龙即撼龙。”自注：“溺于风水悖论，讼狱极多。”占卜本意追求幸福，但结果却祸起枯骨，福倒为祸，事与愿违。黄公冷静、理智地看到宗教的弊端。

四、客家宗族文化

客家人历来重视谱牒，有设祠堂的传统。《己亥杂诗》云："宰相表行多谱牒，大宗法废变祠堂。犹存九两系民意，宗约家家法几章。"自注："各姓皆聚族而居，皆有祠堂。纠赀设牌，视捐金之多寡，以别位置。初意以联家族，通谱牒，而潮州、惠州流弊抑或滋讼狱，生械斗。故乾隆间，江西巡抚辅德有禁祠三奏。"客家人由外地辗转迁入异乡，分享他人的生存空间和生存资源，这必然与土著发生冲突。加之穷困的偏乡僻址，匪患频仍，生存艰难，因而客家大都聚族自保，聚族而居，依赖家族而生存，成为客家在客居情境中的求生方法，家庭文化应运而生。这便形成了客家特色的家族建筑——围龙屋和祠堂，一家一围，一姓一龙，几百人围屋成龙，围龙成堡。祠堂是家族的中心，是客家社会结构精神枢纽的物质载体。客家宗族文化内容丰富，包含府第建筑文化、族征堂联文化、家神崇拜文化、家族组织文化等。黄公介绍客家宗族文化，主要目的还是暴露其弊端。

五、客家华侨

嘉应素称"华侨之乡"。客家多居贫困山区，靠土地生存十分困难，故把目光投向海外，又名"过番"。《己亥杂诗》写道："海国能医山国贫，万夫荷锸转金轮。最怜一二虬髯客，手举扶余赠别人。"自注："州为山国，土瘠产薄，海道既通，趋南洋谋生者，凡数以万计，多业采锡，遇窖藏则暴富。近则荷兰之日里，英吉利之北蜡、槟榔屿，法兰西之西贡，皆有积赀至百数十万者。总计南洋华商，客人居十之三。同治年，有叶来在吉隆，至与土酋斗争，得其地。卒以无力割据，归之英人。”黄遵宪肯定客人出洋是“医贫”之道。黄公在国外十六七年的外交生涯中，同情华侨遭遇，积极保护华侨利益。光绪十九年（1893 年）他上书介绍华侨在国外的情况，为华侨利益呼吁呐喊。

六、客家山歌

以山歌为代表的客家民间文学，在客家文化中富有特色，它自然也进入了黄遵宪的视野中。《己亥杂诗》云：“一声声道妹相思，夜月哀猿和《竹枝》，欢是团圆悲是别，总应断肠妃呼希。”自注：“土人旧有山歌，多男女相思之辞，当系僚、蛋遗俗，今松口、松源各乡，尚相沿不改。每一辞毕，辄间以无辞之声，正如妃呼希，甚哀厉而长。”上面这首诗实则为一幅男女对歌图。在自注中，黄遵宪对客家山歌的内容、来源、形式、特征均作了描述，客家山歌多抒发男女相思之情，情感真挚哀怨。夜月当空时，四处歌声悠扬，一派动人的《竹枝词》的意境。

黄遵宪对客家文化的研究是广泛的，作为地道的梅州客家人，他具有丰富的客家文化底蕴。他自幼便得到客家文化的熏陶。黄遵宪是早期的民俗学家，早于光绪六年（1880 年）就开始民俗学研究和民俗学调查，对民俗学有独特的见解。在研究客家文化时，以研究日本民俗的方法为方法，独创了“诗文并茂”（写诗兼注文）的形式将客家女性、宗教、宗族、华侨、山歌等文化描绘得栩栩如生。黄遵宪极力推崇客家山歌，他所辑录的《山歌》十五首及表达山歌理论的见解、回忆他与嘉应山歌深厚感情的《山歌题记》均给后人带来了很大的影响。他的“嘉应客家元代形成”说，为客家研究奠定了基础。黄遵宪对客家文化研究的广度及在那风云巨变的时代所表现出来的开风气之先，足可证明他是一位当之无愧的客家民俗文化研究巨匠。

参考书目：

1.［清］黄遵宪著，钱仲联笺注：《人境庐诗草笺注卷九·己亥杂诗》及《人境庐诗草笺注卷一·山歌》（上海古籍出版社，1981）；

2.李景新：《广东诗人黄公度》（见人境庐丛考，郑子瑜编著，新加坡：商务印书馆，1959）；

3.罗可群：《客家文学史》（广东人民出版社，2000）；

4.肖平：《客家人》（成都地图出版社，2002）；

5.《民俗研究》（山东大学出版社，2000）；

6.叶春生：《岭南俗文学简史》（广东高等教育出版社，1996）；

7.叶春生：《岭南民间文化》（广东高等教育出版社，2000）。

（本文刊载在《刊授指导》2003年第2期）

中国“情”文化影响下的古代送别诗

摘　要：中国古代产生了许多送别诗，受中国传统观念的影响，中国古代送别诗可以说是“情”文化的送别诗，蕴含着深沉厚重的亲情、友情以及“忧国忧民、建功立业、报效国家”的爱国情。

主题词：古代送别诗；“情”文化；亲情；友情；爱国情

古代的中国产生了许多送别诗。别离，可谓是历代诗人所常唱不衰的一大主题。“多情自古伤离别”，别离最能牵动人们的情怀，别离之作，最能充分反映个人的内心世界，最富有人情味，且感人至深。为什么其他国家、民族未能形成像我们这样的绵长丰厚的送别诗呢？究其原因，这主要与中国的文化传承有密切关系。先秦以来，中国文化的主脉是儒礼文化，根本特征就是协调好人与人之间的关系，希望社会上的每一成员在自制自律中形成相互礼让的相互友爱的心理素质，有利于形成社会稳定的基本支柱，这一切使中国人的生活充满了一个“情”字。这种“情”在历代读书人身上，表现得更为浓厚深重且广泛。历代文人长期的诗书濡染和咏诗的作文训练，使他们心灵中的情感素养相对积淀了许多，感事感物更为灵敏，而表述起来又十分便利[1]。因此说，古代的送别诗是“情”文化作用下的送别诗。

透过古代的送别诗，其中的“情”，可谓是“中有千千结”，包含复杂的情况，相互渗透，相互交织。大多数送别诗充满亲情和友情，但有的在“亲情”和“友情”背后，还充满着深厚的爱国情等，这种爱国情包含“治国”“平天下”的政治抱负和乐观进取的人生态度，同时也包含了忧国忧民的忧患意识等复杂情感。

一、亲情

儒家的伦理主要建立在血缘基础上的。孔子认为“君子笃于亲，则民兴于仁”（《论语·泰伯》），“其为人也孝弟，而好犯上者，鲜矣；不好犯上而好作乱者，未之有也”（《论语·学而》）。孔子的仁学以孝悌为核心，体现了以孝悌为本的家庭伦理[2]。孟子也说：“人之有道也，饱食、暖衣、逸居而无教，则近于禽兽。圣人有忧之，使契为司徒，教以人伦：父子有亲，君臣有义，夫妇有别，长幼有序，朋友有信。”（《孟子·滕文公章句上》）这里提出是父子、君臣、夫妇、长幼、朋友“五伦”的概念。古代送别诗中所抒写的感情，包括父子之情、兄弟之情、夫妻之情、恋人之情、亲朋故友之情，内容十分丰富。而这些感情在诗中的表露，绝不仅仅是“一看肠一断”和“相看泪满巾”的哀伤情绪，而是充分体现了彼此之间那种温暖的亲情。《诗经·秦风》中《渭阳》一诗，生动地表达了外甥送别舅舅时的“悠悠我心”。“我送舅氏，曰至渭阳。

何以赠之？路车乘黄。我送舅氏，悠悠我思。何以赠之？琼瑰玉佩。”它写的是秦穆公的太子（即后之秦康公）送晋公子重耳回国，一直送到渭水之北，依依不舍，亲情难分，诗中所说之赠品，并非实指，而是虚拟，这更见出外甥对舅舅的一片深情，正所谓“见舅如见母”，令人十分感动。

二、友情

常言道：“在家靠父母，在外靠朋友。”历代文人深受儒家伦理观念的影响，他们普遍重视交友，珍视友谊[3]。历代诗人在别友之际，写下的送别诗，充满浓厚的人情味，真挚感人，其思想内容表现如下特点：一是感情真挚深厚，如王维的《齐州送祖三》：“相逢方一笑，相送还成泣。祖帐已伤离，荒城复愁入。天寒远山净，日暮长河急。解缆君已遥，望君犹伫立。”诗人因与朋友相逢而“笑”，又因与朋友分离而“泣”，而当朋友乘船远去后，他是伫立怅望，久久不忍离去。这里的情感该是何其真挚朴实！三国时曹植《送应氏》一诗，立意深远，它把诗人与应玚兄弟之间的友情表现得极为真切而不低沉。“山川阻且远，别促会日长，愿为比翼鸟，施翮起高翔。”他们的友情很深，所以他们相互的期望值也很高，虽然分手了，但他们却相互勉励，彼此寄予厚望。二是对朋友充满关心和体贴，如王维的《送秘书晁监还日本国》云：“积水不可极，安知沧海东。九州何处远，万里若乘空。向国唯看日，归帆但信风。鳌身映天黑，鱼眼射波红。乡树扶桑外，主人孤岛中。别离方异域，音信若为通。”诗人借助艺术的想象和夸张，极写日本国的遥远和海上航行的艰险，实际就是表达他对朋友旅途安危、艰辛的关心和顾念。再如《送元二使安西》，诗人临别依依，心中有千言万语，却一时无从说起，于是劝酒寄情："劝君更尽一杯酒，西出阳关无故人。"这"西出阳关无故人"的劝语就不仅饱含着诗人与友人离别的悲伤，也饱含着诗人对朋友远行的体贴、关心，对朋友前路珍重的殷勤祝愿。三是它总是洋溢着健康向上、乐观进取的精神。如高适的《别董大》即有一种高昂的情调："千里黄云白日曛，北风吹雁雪纷纷。莫愁前路无知己，天下谁人不识君？"这首诗以充满信心和乐观的口吻，鼓励董大去勇敢地面对未来，迎接人生的挑战，去创造光明的前途，表现了诗人对董大人格力量的信任，脱开赠别诗一贯的情调低沉的窠臼，唱出了豪放的高调。古人视友情为亲情，把朋友当作兄弟，在送别诗中表现出了对友人如亲人般的关心，感情真挚朴实，同样感人肺腑。

三、爱国情

在儒家的治国、平天下的政治思想的熏陶下，我国历代文人怀着"穷则独善其身，达则兼济天下"的人生信条，在送别诗中一面是送别，一面是劝勉，其背后隐含着深厚的报国情怀和乐观进取的人生抱负。

1. 忧国忧民

中国文化忧患意识在先秦形成，孔子提出："忧道不忧贫"(《论语·卫灵公》)、"不善不能改，是吾忧也"《论语·述而》，"不患人之不已知，患不知人也"(《论语·学而》)。孟子也得出:“生于忧患,死于安乐”(《孟子·告子下》),并认为“君子有终身之忧,无一朝之患也”(《孟子·离娄章句下》)。孔孟对人生道路的忧患感形成儒家的忧患意识继而形成后代文人的人生观念。在历代的送别诗中,诗人往往将自己的悲欢离合与国家兴亡、盛衰的命运紧紧联系在一起,表达了自己对社会现实的关注、对人民苦难的同情。如杜甫《送韩十四江东觐省》:“兵戈不见老莱衣,叹息人间万事非。我已无家寻弟妹,君今何处访庭闱。黄牛峡静滩声转,白马江寒树影稀。此别应须各努力,故乡犹恐未同归。”诗人倾诉的不只是对友人的关切,对故乡的思念,更有对干戈遍地的丧乱之感和对于山河依旧人事已非的深沉叹惋。他的另一首《送陵州路使君赴任》:“战伐乾坤破,疮痍府库贫。众僚宜洁白,万役但平均。”诗中描绘了久经兵荒战乱,家国贫困不堪,告诫友人为官当正清廉、体恤百姓。

2. 建功立业与报效国家

历代文人无论身处何方,始终不忘有朝一日建功立业,报效国家。即便人们借送别亲友之际,也吐露和抒写其“报国取龙庭”的理想和“所志在功名”的抱负,显示了其旷达的胸襟和高尚的情操。陈子昂的《送魏大从军》就是一首这样的好诗:“匈奴犹未灭,魏绛复从戎。怅别三河道,言追六郡雄。雁山横代北,孤塞接云中。勿使燕然上,惟留汉将功。”陈子昂自幼具有豪侠浪漫的性格和远大的政治抱负,这些在其诗歌中都有充分的表现。这首诗借送别之机,用古代的英雄人物及其事迹激励友人立功边塞,报效国家,它没有“断肠分手各风烟”的悲伤,而是豪情激扬,很生动地反映了其一贯的“感时思报国，拔剑起蒿莱”的理想，令人鼓舞，使人奋发向前。再如岑参的《送李副使赴碛西官军》诗：“火山六月应更热，赤亭道口行人绝。知君惯度祁连城，岂能愁见轮台月。脱鞍暂入酒家垆，送君万里西击胡。功名只向马上取，真是英雄一丈夫。”岑参的诗一贯奔放昂扬，气势磅礴。在这首诗中，作者不写分手时的不舍依依之离情，也不说别后彼此遥想思念之深情，而是通过描绘前线的艰苦、战场的荒凉，以之衬托对李副使的鼓励和期望，也是诗人自己抱负的坦露。

中国一向视自然为有生命的机体[4]。《易经·系辞上》云：“天地之大德曰生”。《易经·系辞上》又云：“生生之谓易。”中国是农业大国，自然农业经济让中华民族亲近自然，形成与土地山川特殊的依赖关系，中华民族亲近土地、天人合一的生活理想进而形成了以和为贵的伦理道德，最终从与自然和谐走向与人和谐[5]。因此，中国人对君臣、父子、夫妇、兄弟、朋友充满关心和顾念（即“Cocern”型的“情”）[6]，即使衣不蔽体、食不果腹，顾念的是“安得广厦千万间，大庇天下寒士俱欢颜”，或是“位卑未敢忘忧国”，在离别之际，抒发的绝不是简单的离情别绪、儿女情长，而是仁者爱人、自强不息、宽怀济世的儒家人伦理想的感叹。中国人重离别，因为中国人重“情”。其一，古时候荒山野岭，江涛河浪，交通不便，盗贼横行，风险极多，每一次送别不仅仅意味着长久的分离，更有可能是生命的永诀，送者和行者不能不有为前途担忧，生离死别之“情”无不牵动着送者和行者。其二，古时中国人信奉“父母在，不远游”，即使“远游”，多半是为功名，此时此刻最易滋生家国情，试想谁不愿亲戚、朋友在外功成身就、报效国家、光宗耀祖呢？其三，古时中国人重家教，重儒礼文化的教育，重言传身教，即使一朝亲戚、朋友别离了、独立了，也希望他们时刻不忘儒礼文化，这就意味着人走到哪，儒礼文化就跟随到哪”。因此，别离时的诗作背负着的不仅仅是简单的亲情或友情，背后往往是强烈的家国情，这就显得特别大气。因故，“情”文化影响下的送别诗，其分量有多重，就可想象而知了。

参考文献：

[1] 纳新 . 送别诗略论 [M]. 学术论坛，1997,（3）.

[2] 善洪，王凤贤 . 中国伦理学说史 [M]. 北京：人民出版社，2005.

[3] 乔山 . 文艺伦理学初探 [M]. 北京：高等教育出版社，1997.

[4][6] 吴森 . 比较哲学与文化 [M]. 台北：东大图书股份有限公司，1978.

[5] 庆炳，等 . 现代学术中的古代文论 [M]. 北京：北京出版社，2002.

（本文刊载在《现代语文》2007 年第 8 期）

知人论世、以诗解诗、识兼诸家

——点评罗时进先生《论许浑诗在晚唐的典型意义》的研究方法

摘　要：唐诗著名学者所著《论许浑诗在晚唐的典型意义》综合运用“知人论世”“以诗解诗”“横向比较”等传统的文学批评方法进行客观批评，并从心理学、社会学、文化学、文学等角度出发，综合运用了多种研究方法对历史上褒贬不一的许诗进行剖析，始终站在历史立场，文史兼证，客观公正，就许诗的艺术价值及其在诗坛上的地位“还”了其“本来面目”，其批评方法堪称“角度多样、方法全面”，值得学习借鉴。

主题词：罗时进；批评方法；知人论世；以诗解诗；识兼诸家

今人罗时进先生是苏州大学文学院古代文学教授、博士生导师，他对晚唐诗人许浑作品的研究，可谓成果颇丰，成绩卓著，先后出版了《晚唐诗歌格局中的许浑创作论》（太白文艺出版社）、《丁卯集笺证》（江西人民出版社）两本专著，发表论文近十篇。其中发表在《文学遗产》（1997 年第 5 期）的《论许浑诗在晚唐的典型意义》一文可称得上是其中最突出的成果之一。该文站在晚唐走向衰落的时代背景，面对历史上对许浑评价的褒贬不一、聚讼不已，站在历史唯物主义的立场，基于特定时代背景下的特定人物、特定人物的特定诗歌的诗歌批评理念，从许浑心态、许浑诗格、许浑气体、许浑风致四方面入手，对许浑诗歌作了全面研究，做出了客观、公正的评价，就许诗的艺术价值及其在诗坛上的地位“还”了其“本来面目”。从心理学、社会学、文化学、文学等角度出发，综合运用了多种研究方法对许诗进行剖析，其批评方法堪称角度多样、方法全面。下面对其研究方法试作分析。

（一）“知人论世”的社会历史批评方法

“知人论世”的方法是由孟子提出的，孟子认为，诗人创作诗歌受时代、社会因素的影响，时代、社会影响着诗人的感情，诗人的思想感情影响着诗歌作品，即时代→诗人→诗歌。罗君研究许浑时非常注重采用知人论世的批评方法，正如其师钱仲联先生所言：“知其所论，以知人论世为宗，亦考亦论，颇能发覆钩玄”[①]。许浑所处的特定时代产生了特定的诗歌，由特定的诗歌印证许浑所处的特定的时代。罗时进教授把握许浑处于经济崩溃、皇权消解、科举糜烂、吏治腐败的晚唐的特定时代环境，指出其对许浑的心态产生重大影响：“为了实现经世济民的政治抱负，也为了摆脱‘家贫为

① 出自《晚唐诗歌格局中的许浑创作论》序言。

客早’的物质上的匮乏和生计的困顿，他希望展开理想的翅膀，在青云中翱翔，但正直的人格又使他处世严分清浊，不肯屈己从人，更不肯与邪恶合流。为了保持个性品质，也为了远祸全身，他又不得不敛翅回降到地面，在山水林泉中啸傲。这种两难心境使他长期在江湖与魏阙之间痛苦地徘徊着”。[①] 罗时进教授在述写许浑入仕的转折时，一边叙写其身世，挖掘其心态变化，一边结合诗歌加以印证，令人信服。比如：许浑初入科场，又遭屡次下第，在饱饮下第泣秦京的泪水后才及第，罗时进教授引其诗《及第后春情》：“世间得意是春风，散诞经过触处通。细摇柳脸牵长带，慢撼桃株舞碎红。”说明许浑一时轻松、得意的心情，可是在后来的关试中竟未通过，最后经过一番转折，于开成三年才得除宣州当涂尉，此时已年届五十。作者又引“一尉沧洲已白头”（《陪宣城大夫崔公泛后池兼北楼宴二首》）的诗句，一针见血地说明“许浑老矣，不能饭也”的无奈。罗时进教授通过许浑身世的述写，表明了陆游曾言“许浑身世落渔樵”与事实不符的观点，从上面的材料看，其论据是充分的。当然，“许浑心态”这一节主要是从心理学的角度出发探险究其心路历程的。“在晚唐的诗人中，似乎没有谁像许浑那样频繁地西上干禄、东归暂隐，屡进屡退。‘万里高低门外路，百年荣辱梦中身’（《题苏州虎丘寺僧院》），许浑诗作始终贯穿着出与处的矛盾”[②]，“诗人志在进取，却‘徒有干时策’，刚

① 出自《论许浑诗在晚唐的典型意义》。
② 出自《论许浑诗在晚唐的典型意义》。

登高峰，又如临深渊的深刻痛苦”[①]，罗时进教授从心理学的角度出发，始终站在社会学、历史学的立场，纵横交错对许浑及其诗进行一一剖析，很好地完成了特定时代背景下的特定人物、特定人物的特定诗歌的诠释。

（二）“以诗解诗”的客观分析批评法

“以诗解诗”是王夫之提出的诗歌批评方法，它要求评诗者必须按照诗歌本身的特点、规律客观地评论诗歌。罗君擅长从文本入手，按文学自身的规律，感觉和体验文本，探索文学的艺术特色。在“许浑诗格”这节中，从许诗的排偶、声调平仄两方面进行阐释。在对偶方面，罗时进教授将许诗细分成地名对、史事对、山水对、天文对、数量对、色彩对、花木对，甚至还细察到许诗还有人名、宫室、器物、饮食、人伦、方位、文事、干支及实字、虚字、联绵字、双声、叠韵等对偶特点；在平仄声调方面，作者结合历史上诗家对许浑善用拗救的评价，将自己的发现加深引证。在评价许诗对偶运用时，作者并没有一味沿袭前人的观点，提出了确实有些篇章过分追求整炼对称的美感反失之板滞；有些诗通篇作对，缺乏灵动之气；有些诗句就一句看，刻画颇为生动，但上下句却有牵合之感，景与景之间跳跃断续，缺少联系主体；有些意象相对固定”等观点，显然更为辩证些。罗时进教授从文本出发，从律诗的格律要求，指出许浑七律格

① 出自《论许浑诗在晚唐的典型意义》。

调凝练、对偶精切、工巧清丽，确实逸超群伦，足以上承杜甫，下启后人，这一评价比历代致有声律之熟，无如浑者之类的大爱，体格卑下之类的大恨显然客观公正多了。在“许浑气体”一节，作者分析其最突出的怀古、咏史诗艺术特色，评价其诗颔联、颈联、尾联结构特征，也是从文本出发，采用了“以诗论诗”的批评方法，作者同样站在公正、客观的立场，肯定其注重从对比中抽绎哲理，抒发悲慨、警联快句、志深笔长的一面，也指出景语成分较重、上下相类、语自合掌等不足。

（三）“识兼诸家”的横向比较批评法

李东阳谈选诗时曾指出：“选诗诚难，必识足以兼诸家者，乃能选诸家。”[1] 兼通诸家而进行横向比较，以显示出优劣高下，也是古人进行诗歌批评的常用方式。“比较”可分为诗歌作品比较、诗人比较、不同时代诗人诗歌比较三种方式。虽然“比较法”并非该篇论文的主要批评方法，但“横向比较法”不时渗透于罗时进教授的批评中。文中开头，罗时进教授就列举了历史以来褒赞者陆游、郑杰、胡应麟和贬抑者王世贞、杨慎、黄子云两派截然不同的评价，许诗的价值总体上给人印象，这是不同时代批评家对许浑不同评价的比较。在“许浑心态”这一节，分析晚唐背景下的许浑心态时，巧用盛、中、晚唐三代诗人王维、刘禹锡、李商隐及许

① 出自《麓堂诗话》。

浑有关夕阳西下的诗句，说明许浑所处时代的黑暗及浸透时代悲伤的心态，这是同一时代不同时期同类问题的比较。对于出仕、入仕频繁的许浑，其出、入仕的矛盾心态及其大起大落前后变化，罗时进教授一一列出诗句加以说明，进行横向比较。最后，将许浑诗歌“神清骨秀”与“杜牧之豪纵、温飞卿之绮靡、李义山之隐僻”的不同艺术风格作比较。“许浑诗格”这一节，论及“平仄声调”时，罗时进教授将许浑与杜甫加以比较，指出许浑在拗救方面既继承了杜甫的风格，又有向通俗化、规则化发展的一面，这是不同诗人同类问题的比较。“许浑气体”这一节，就晚唐怀古、咏史诗的“大手笔”李商隐、杜牧、许浑各自不同的艺术风格又一次进行了横向对比。“许浑风致”这一节，研究“许浑受佛道影响”时，罗时进教授将与李商隐、郑谷、杜牧相比，指出“许浑能够融汇二教，取其主静去欲，重内轻外的根本态度，建立一个事功无望时得以超脱的心灵的避难所，并兼取二教的自然观，在山水中‘定慧’‘坐忘’，静观默察，达到精神与自然的泯合，从而排遣烦嚣乱绪，用造化之美来养性存真”①。通过各种比较，罗时进教授对许浑诗歌的艺术风格、艺术价值作了更全面、更透彻的剖析。

此外，罗时进教授还注重采用多角度的综合研究方法，多种研究方法相互渗透，交叉进行。如“许浑风致”这节，罗时进教授结合许浑与尊师道人结交和与佛结缘的史实，结合佛道文化，说明许浑寂泊恬淡的心理，论证许浑受佛道影

---

① 出自《论许浑诗在晚唐的典型意义》。

响，其诗也充满禅道色彩以及‘清致’特点。”在论及“许浑千首湿”时，罗时进教授将“水”上升到儒、佛、道的哲学的命题，一面解说了许诗的审美情趣和艺术境界，一面探究诗人的心境。罗时进教授从文化学的角度出发，站在史学的平面，结合心理学，相互渗透，对许诗进行全面的批评，旨在说明许诗的艺术风格（文学角度），这是典型地采用文化学、史学、心理学、文学相互渗透、相互交叉多角度的研究方法。另外，作者还运用统计法、细读法等研究方法加以批评。

罗时进教授忠实于许浑的身世经历，忠实于许浑的诗歌文本，正确看待历史对许浑作品的是非批评，综合运用知人论世、以诗解诗、横向比较等传统文学批评方法，并从心理学、社会学、文化学、文学等角度出发，运用多种研究方法对许诗进行剖析。罗时进教授始终站在历史唯物主义和辩证唯物主义的立场，对许浑做出公正、客观的评价，正如论文题目表述的那样，论许浑诗在晚唐的典型意义（仅仅是典型意义），让读者再次对许浑的作品有全新的认识，其批评方法值得我们后辈借鉴、学习。

参考书目：

1.《中国古代诗原理》(吴建民著，人民文学出版社，2001)；

2.《中国文学批评史新编》(上、下册)(王运熙、顾易生主编，复旦大学出版社，2001)；

3.《晚唐诗歌格局中的许浑创作论》(罗时进著，太白文艺出版社，1998）；

4.《中国古代文学理论体系方法论》（刘明今著，复旦大学出版社，2000）。

后记

我与诗歌有一种冥冥的渊源。小学上语文课便喜欢上吟诵唐诗，读古诗还模仿古人吟诗之状，摇头晃脑自我陶醉。

小学五年级语文老师张维义先生，教学非常严格，且非常喜欢吟诗作对，默默启迪了我的诗歌思维。高二开始我自学写对联，家居春联对句很多是自己创作的，楼门落成时自创对联、自己书写。1993年9月，我考进了广州师范学院中文系攻读汉语言文学教育专业，各位教授、学者上课谈经论道、神采飞扬，我深受感染。尤其陈子典、章以武、谭元亨等教授的写作课，让人记忆犹新，对我的写作影响颇大。

大三上学期薛汉贤老师讲授选修课《当代近体诗写作》，虽然课程学时不多，但薛老师用粤语9调抑扬顿挫读诗、辨声，自编讲义教我们创作近体诗，因饱含文化气息令我格外喜欢。课后我按老师要求完成两首格律诗（一首七律《除夕子夜》，另一首绝句《九月九偶感》）的写作，因合乎格律写得还算合格被老师在课堂上拿来点评。正是薛老师的这一表扬鼓励，便点燃了我写诗的梦想，从此逢年过节、亲朋聚会便会吟诗赋句，写诗逐渐成为我生活中的一部分。

2001—2002年间，我去中山大学、暨南大学进修学习，跟随中山大学叶春生教授、吴定宇教授分别进修了《岭南民间文学》《中国现当代文学》，跟随暨南大学魏中林教授、赵维江教授分别进修了《元明清文学》《唐宋词研究》课程，这些课程对自己的诗词创作和文学学习均有很大启发。特别是跟随叶春生老师、赵维江老师学习期间，我对晚清客家诗人黄遵宪诗歌中的民俗文化内涵和唐宋词专题有了更深入的了解，更加激发了自己对诗词的热爱。

2003年11月，我参加高校教师在职攻读硕士学位考试，被华南师范大学中国古代文学（唐宋文学方向）录取，并拜读于仰望已久的著名学者戴伟华教授门下。戴老师著书论道，见解独到，亦论亦诗，首讲《走近唐诗》仿佛把我们带到了盛唐诗国遨游，让学生由衷敬佩。三年的浸沐感染，大大增进了自己对唐诗的研究，并在戴老师的指导下完成了硕士研究生论文《许浑诗歌艺术研究》。晚唐诗人许浑是一位非常讲究格律的诗人，尽管倍受争议，但其“丁卯句法”也默默启发了我的诗歌创作。

在后来的诗歌创作中，我常与大学时教我们外国文学的谢炜如老师交流探讨。谢老师是地道的广州人，喜欢琴棋书画，对韵律很熟悉，在音律方面给予我很耐心、很细微的指导。得益于师生缘分，在众多师长的帮助下，自己慢慢提升了律诗创作水平，2022 年 8 月加入了广东中华诗词学会，2024 年 8 月加入了中华诗词学会。岁月无情，上述有些老师已仙逝。他们对我的精心栽培，我会永记心间，无尽感激。衷心感谢各位师长在我创作和求学道路上的悉心指导和帮助！

源于自己的诗歌梦，我产生了出版诗词集的想法。2020 年以前，我创作的诗歌不多（大概四十首），2020 年后，我勤于创作并自学填词，三年间总共创作了两百余首诗词（其中词作七十首左右）。今天终于把它选编成集，取名《临溪集》。

何谓“临溪”？源于自己的诗词创作笔名“临溪”。其取名用意有三：一是偶读王安石诗句“屋绕湾溪竹绕山，溪山却在白云间。临溪放艇依山坐，溪鸟山花共我闲”(《定林所居》)，羡慕诗中“清幽闲适”佳境；其二，家乡是福建永定下洋下溪村（又名下赤坑、下坪村），紧傍金丰溪，家居与溪为邻，自幼起便常临溪畔嬉戏，尽情享受童年的快乐，正是浸沐了溪水的养分，增添了不少的创作灵感，虽身处异乡但时刻不忘家乡的一山一水；其三，借“临溪”之意也祈愿自己的诗歌创作能如小溪之涓涓细水慢慢汇聚成江河湖海。

最后，在诗词创作中还要感谢中华诗词学会副会长刘庆霖、广东中华诗词学会原秘书长吴成岱、《诗词》报主任编辑陈贺达、广州诗社副社长祁丽岩等众多老师的关心与指导，感谢家人及众多亲朋好友的鼓励支持，感谢家乡作家胡赛标老师为诗词集推荐出版社以及出版社编辑的精心编排，同时感谢关心本集出版的各位校领导、同事及老师们！

由于本集出版时间仓促，加上诗词修养水平有限，不足之处在所难免，敬请读者批评指正。

胡欣育

2024年8月于广州